D1704507

Angelika Jakob

Stirb oder lies!

Deutsche Bibliothek - CIP Einheitsaufnahme

Ein Datensatz zu dieser Publikation ist bei
Der Deutschen Bibliothek erhältlich

Umschlagbild von Michael Kusmierz

1. Auflage 2001

Copyright © by
Schardt Verlag
Rauhehorst 77
26127 Oldenburg
☎ 0441 - 6640262
🖷 0441 - 6640263
Herstellung: Igel Verlag

ISBN 3-89621-123-4

Angelika Jakob

Stirb oder lies!

und andere Erzählungen

Igel Verlag *Literatur*

Inhalt

Freund Hein

Die Sonne verbarg ihr liebes Gesicht hinter Witwenschleiern. Genau wie es Mutter tat, seit Vater gestorben war. „Nicht doch, dieser gräßliche Hut!" Hanni war ihr entsetzt in den Arm gefallen, als sie das Gebilde aus Stroh, Krepp und Seide auspackte. „Standesgemäße Trauerkleidung zu besorgen", das war das letzte Mal, daß Mutter aus dem Haus gegangen war, von der Beerdigung abgesehen. Seitdem schloß sie sich in ihrem Zimmer ein, im früheren Elternschlafzimmer. Vaters Bett bezog sie alle 14 Tage frisch. „Er soll sich doch wohlfühlen!" Hanni (11) und Jan (13) hatten das Gefühl, vor ihren Augen zu wesenlosen Schatten zu verschwimmen. Geld genug gab sie ihnen, sie legte die gesamte monatliche Rente in eine Kristallschale. „Nehmt euch, was ihr braucht." Auch den Gasmann und den Schornsteinfeger bezahlten die Kinder, den Sprudellieferanten und die monatliche Bäckerrechnung. Später kauften sie sich auch mal Jeans oder ein T-Shirt. Ihr Taschengeld bestimmten sie selbst. Nicht, daß sie das getröstet hätte. Sie sehnten sich nach der alten Ordnung, dem gedeckten Tisch, Vaters Schmunzelwitzen und Mutters unbekümmertem Lachen. Sie konnten sich kaum noch Vaters gute Züge vor Augen rufen. Selbst das frühere Gesicht der Mutter löste sich allmählich in Erinnerung auf. Musik verbat sich die Mutter, das störte sie in ihrer Kontemplation. Das Frühstück war alles, was Hanni zubereitete. Mittags nahmen sie sich ein paar Mark und gingen in einen Schnellimbiß. Abends gab es oft nur ein Butterbrot ohne Belag, wenn Jan vergessen hatte, einzukaufen. Auch das Fernsehen hatte anfangs schweigen müssen. Dann hatten sie es durchgesetzt, den Apparat in Jans Zimmer ganz leise laufen zu lassen, so daß Mutter nichts hören mußte. In der Schule ließen sie, sonst beinahe Musterschüler, merklich nach. Sie gingen zum Pfarrer, aber der wußte ihnen außer Ge-

beten keinen Rat. Ihren Lehrern miß-
trauten sie, auch den Nachbarn, obwohl
die ihnen während der ersten Wochen
Kuchen und Suppen auf die Veranda gestellt hatten. „Eure Mutter hat euren Vater zu sehr geliebt. Sie war ihm hörig,
das schickt sich nicht für eine verant-
wortungsbewußte Mutter." Solche und
ähnliche kritische Äußerungen über
Mama konnten Jan zur Weißglut bringen. Er prügelte sich jetzt oft, warf mit
Steinen auf seine Widersacher, was ihm
mehrmals Strafen eintrug. „Mama, wir
lieben dich auch, so sehr, wie du Vater
geliebt hast." Aber sie antwortete nur mit
einer müden, vagen Handbewegung. Den
Witwenschleier trug sie sogar zu Hause,
auch wenn sie sich mit ihnen, aus-
nahmsweise, zu Tisch setzte. Jan hatte
einen Freund, zwei Jahre älter als er, in
der Schule hängen geblieben, aber sonst
sehr clever. Der sagte ihnen eines Tages:
„Kinder, so kann das nicht weiter gehen.
Sie bringt noch euch und zuerst sich selber unter die Erde." – „Aber was sollen
wir tun?" Von Henning beraten, setzten

sie eine Annonce für die Zeitung auf. Geld war zum Glück genügend vorhanden. „Wir (13 und 11) suchen für unsere verwitwete Mutter einen fröhlichen Weggefährten. Treu, zuverlässig und fürsorglich muß er sein. Antworten zunächst an uns, damit wir ein Kennenlernen arrangieren." (Mutter las keine Zeitung mehr, also bestand keine Gefahr, daß sie die Annonce zu Gesicht bekam.) Sie fanden den Text sehr gut. 3 Tage später holte Jan 12 chiffrierte Antworten von der Zeitung. Manche verstanden sie gar nicht, nur beschlich sie ein unangenehmes Gefühl beim Lesen. Drei, die sich „kinderlieb" nannten, schieden sie aus. Auf einen Schreiber einigten sie sich schließlich, er war Lehrer, an welcher Schule, schrieb er nicht. „Ich kann ihn nicht leiden", sagte Hanni. „Du kennst ihn doch gar nicht." – „Er schielt auf dem Foto." Aber Jan blieb fest. „Mit einem müssen wir schließlich anfangen." Sie schrieben ihm, er solle ihnen Nachhilfestunden in Mathematik geben und luden ihn für Mittwoch, den 16., zum

Tee ein. Hanni klopfte das Herz, als er läutete. Jan pochte an Mutters Tür. „Unser Mathelehrer ist da, du solltest auch ein paar Worte mit ihm sprechen." Nach einigem Hin und Her willigte sie ein. Als sie auftrat, trug sie ihren Witwenhut. Das erschreckte ihn, das sahen sie an dem zuckenden Blick, der an ihr vorüberglitt. Herr Brisberg hatte einen Kinnbart, einen Bierbauch und eine Halbglatze. Das erste Mal, daß Mutter wieder einen Doughnut aß. Jan war außer sich vor Freude, mußte aber zugeben, daß sie ihrem früheren Selbst nicht mehr ähnlich sah. Herr Brisberg schwitzte vor Unbehagen. Um es ihm leichter zu machen, brachte Jan das Gespräch rasch auf die Mathestunden. Herr Brisberg machte einen Rückzieher: „Ich hatte verstanden, es handelt sich um Musik. Von Mathematik verstehe ich nichts." Die Kinder brachten ihn zur Tür. „Sie sind vor ihrem Hut erschrocken? Sie hat ein sanftes Wesen." Hanni sagte: „Wir sind beide gut in Mathe, wir hätten Ihnen schon beigestanden." Aber Herr Brisberg errötete nochmals auf seiner

Halbglatze und verschwand. Als sie ins Zimmer zurückkamen, deckte Mutter den Teetisch ab. Das hatte sie seit Monaten nicht mehr getan. Jan befürchtete schon, daß sie sagen würde: „Wenn ihr mich lieb habt, tut so was nie wieder." Aber sie strich Jan nur übers Haar: „Da werdet ihr euch wohl nach einem anderen umsehen müssen." Sogar ein wenig Röte war in ihre fahlen Wangen gestiegen. Also sortierten Jan und Hanni die 12 Bewerbungsschreiben noch einmal. Ein Aspirant hatte kein Foto beigelegt, schrieb dazu, daß er sich außer für Ausweise nicht fotografieren lasse. „Jedes Foto verunstaltet meine Seele." Sie fanden das ein wenig kitschig, entschieden sich aber für einen Versuch. Vor der Tür stand ein junger Mann, er hätte Herrn Brisbergs Sohn sein können. Sein Lächeln war einnehmend, sein Gesicht so hübsch, daß sein Anblick Hannis Herzen einen kleinen Stoß versetzte. Seine Stimme klang vertrauenerweckend. Mutters Trauerhut schien ihn nicht zu stören, zumal sie den Schleier zurückgeschlagen hatte; er beugte sich tief über ihre Hand. Diesmal rührte Mutter keinen von den Kuchen an. Als Herr Jürgens von den Mathematikstunden zu sprechen begann und davon, wie er sich den Unterricht vorstellte – „ich unterrichte doch beide zur gleichen Zeit?" fiel sie ihm ins Wort: „Es tut mir leid, aber Sie werden gar keinen unterrichten, die Rede war von Musik." Diesmal war es an Herrn Jürgens, zu erröten. „Das alles ist mir ungeheuer peinlich." Als die Kinder ihn zur Tür begleiteten, sagte er: „Ich bin ihr unsympathisch. Das trifft mich hart. Sie ist eine so bezaubernde Frau. Ich hatte doch recht mit Mathe?" Jan nickte nur, und Herr Jürgens schüttelte ihnen die Hände. „Wir wären ein gutes Team geworden." – Als sie zurückkamen, war Mutter schon wieder in ihrem Zimmer verschwunden, den Teetisch hatte sie nicht angerührt. Jan und Hanni fühlten sich verraten und schauten die Bewerbungsbriefe nicht mehr an. Mutter ließ sich nichts anmerken, fragte auch nicht: „Wie wird es nun mit den Nachhilfestunden?"

Alles war wie zuvor, als hätte es nicht die leichten Lockerheiten gegeben. Als wieder etwas geschah, war schon Herbst. Ein trübseliger Oktober mit schwarzen Wolkenballen, Stürmen und rieselndem Laub. Schon am frühen Nachmittag mußten die Lampen brennen. Eines Tages ging Mutter aus, nicht sehr lange. Als sie zurückkam, zeigte sie ihnen, was sie erstanden hatte: einen Winterhut aus schwarzem Filz, dazu der gewohnte schwarze Witwenschleier. In der Hand hielt sie ein bedrucktes Stück Papier. Jan griff danach. „Nichts für euch, auf der Straße hats mir jemand in die Hand gedrückt." – „Wir hatten so gehofft, du würdest endlich den Hut ablegen." – „Ich muß meiner Trauer Ausdruck geben, meine Tränen sind versiegt." Knapp eine Woche später verließ sie wieder das Haus, kam erst gegen Abend zurück, verschwand dann ohne ein Wort der Erklärung in ihrem Schlafzimmer. „Möchtest du nichts essen, Maman?" – „Heute nicht." In der folgenden Woche wiederholte sich der Ausgang. Es regnete, aber das schien sie nicht zu stören. „Was ist ihr nur plötzlich so wichtig?" fragte Hanni. Mutters Zimmertür war unverschlossen. Als möchte sie, daß wir hineingehen. Auf ihrem Tisch lagen der Faltzettel und eine schmale Broschüre. „Willkommen in unserem Kreis! Wir wollen Ihnen zum wahren Leben verhelfen." Jan kam bleich zurück. „Sie ist einer Sterbehilfevereinigung beigetreten, hat den Beitrag schon bezahlt." – „Deshalb war das Geld in der Schale so wenig geworden. Zuerst der Hut, und nun – wovon sollen wir denn leben?" Nach ihrer Heimkehr stellte Jan sie zur Rede. „Mutter, ich weiß, es ist dein Geld. Aber der Rest reicht nicht mehr für Lebensmittel." Sie ging in ihr Zimmer und kam mit ihrem Sparbuch wieder. „Hebt ab, was ihr braucht. Diese Menschen machen mich sehr glücklich. Endlich jemand, der meine Gefühle versteht." „Aber willst du denn sterben? Bedeuten wir gar nichts für dich?" „Diese Leute wollen mir l e b e n helfen." Nach einigen Wochen brachte sie den Leiter der Sterbehilfevereinigung mit nach Hause. Sie trank allein mit ihm Tee, hatte aber den Trauerhut abgesetzt. „Vielleicht hat sie recht, und es ist auch eine Lebenshilfe?" Fragen konnten sie sie nicht, sie war wortkarg wie immer, aber doch, Jan mußte es zugeben, auf eine reizvolle Art verändert. Ein wenig Rouge auf den Lippen, beim Friseur war sie auch gewesen, hatte sich auch ein neues schwarzes Kleid gekauft. Als der Fremde sich zum Gehen anschickte, stellte sie ihm die Kinder vor. Er verbeugte sich leicht. „Jetzt verstehe ich Ihren Lebenswillen. Wie schön, daß wir Ihnen dabei helfen dürfen." Sein Name war Heinrich. Also Freund Hein, dachte Jan. Ein makabrer Name, bei seinem Beruf, aber was können wir tun? Sie scheint tatsächlich irgendwie aufgelebt. „Vorhin, als er da war, habe ich sie einmal lachen hören, das erste Mal seit Vaters Tod." Von da an trank „Freund Hein" einmal die Woche Tee mit ihr. Über die Weihnachtstage hielt er sich zurück, was Mutter unruhig machte. „Es gibt dort so viele Frauen wie mich, Witwen, Geschiedene, er muß sich um alle kümmern. Ich darf nicht egoistisch sein." – „Bedeutet er dir denn so viel?" – „Er versteht mich, das ist alles, was ich brauche." – „Und wir verstehen dich nicht?" Am Silvesterabend blieb er bei ihnen zum Abendbrot. Mutter hatte eine Flasche Sekt besorgt, stellte sie aber in ihrem Zimmer kalt. Um 11 Uhr schickte sie die Kinder zu Bett. Nach Mitternacht schlich sich Jan zu ihrer Tür. Er hörte Sprungfedern knarren und leise, klagende Schmerzenslaute. Tut er ihr weh? Dann fiel ihm ein, daß liebende Frauen solche Laute auszustoßen pflegen, er hatte das im Fernsehen gesehen, sie waren Zeichen höchsten Glücks. Also schläft er mit ihr. Jan verschwieg es vor Hanni, sie war noch ein Kind. „Glaubst du, daß sie mit ihm schläft?" fragte Hanni trotzdem eines Tages, nach Wochen ähnlicher Nächte. Jan konnte nur mit den Schultern zucken, „es ist schließlich ihr Leben." – „Sollten wir nicht eingreifen?" Aber sie war ihnen davongeglitten, weiter als zuvor. Den

Trauerhut setzte sie nur noch auf der Straße auf. Eines Tages kochte sie wieder. „Ihr seht mir ja ganz verhungert aus, was bin ich für eine Rabenmutter." Sie gab jedem von ihnen einen Kuß auf die Nase. Herr Heinrich trug die rechte Hand verbunden, gab nur eine vage Erklärung für die Bandage: „Eine Verstauchung, wird bald behoben sein." Essen konnte er rasch und geschickt mit der linken, Mutter schnitt ihm das Fleisch zurecht. Zugegeben, er sah gut aus, ein wenig auf der düsteren Seite. Schwarzes Haar, ein Bärtchen auf der Oberlippe. Hanni gefiel seine schlanke Gestalt. Er war nur selten in Schwarz gekleidet, trug auch farbenfrohe Pullover und Strickwesten. Wohin das nur führen soll? Für Jan verdrängte er mehr und mehr das Sich-zu-Hause-Fühlen. Zuerst war sie unser Gast, jetzt sind wir ihre nur noch ungern gesehenen Gäste. Wenn er kam, ließen die Kinder die beiden allein, verzogen sich auf ihre Schlafzimmer. Zum Glück durfte der Fernseher laufen, ein kleiner Schritt wieder aufs Leben zu. Jan nahm sich vor,

Mutters Freundschaft mit Herrn Heinrich zu akzeptieren. Wenn sie ihn nur nicht heiratet! „Glaubst du, er heiratet sie?" fragte Hanni eines Tages. „Dann ziehen wir beide aus." – „Aber wohin?" Gegen Frühlingsanfang – längst standen wieder Blumen in den Vasen – gestand Mutter es ihnen: „Wir verreisen. Nur ein kurzer Urlaubstrip. Nach Menorca, dort gibt es interessante Altertümer. Ihr werdet solange alleine fertig?" – „Maman, erhol dich nur." Am Abflugmorgen gingen Herr Heinrich und Mutter eng aneinandergeschmiegt zur Haltestelle des Flughafenbusses. Jeder trug in der freien Hand sein Köfferchen. Mutter hatte sich Strandkleider besorgt, dafür auch Vaters Sparbuch angerissen. Jan und Hanni sahen ihnen von der Tür aus nach. Kurz bevor sie um die Ecke bogen, gab es Jan einen Stich durchs Herz. Freund Hein legte eine Hand um Mutters Schulter, die Bandage war abgefallen. Aus seinem hochgerutschten Ärmel ragte etwas wie eine weiße, knöcherne Totenhand. Hanni mußte es auch gesehen haben, sie war in

Jans Arme gesunken. Er trug sie ins Haus und auf ihr Bett.

Leise rieselt der Schnee

Erschöpft läßt sich Laura in ihren Sessel fallen. Wunde Füße, weher Rücken von all dem Weihnachtsgetriebe. Eigentlich müßte sie glücklich sein. Das Weihnachtsmärchen zieht durch alle Räume, raschelt, duftet, glänzt. Sie weiß nicht, weshalb durch ihre Adern ein herbes Angstgefühl schneidet. Sie streicht mit der Hand über ihren Lieblingssessel. Peddigrohr, fein geflochten, weich gepolstert mit geblümtem Chintz. Alles ist doch in schönster Ordnung. Im Nebenzimmer, hinter der geheimnisvoll verhängten Tür, legt Herbert mit Sohn und Tochter dem Christbaum sein Festkleid an. Kerzen, Lametta, Schokoladenkringel. Die schimmernd geblasenen Glaskugeln. Man weint, wenn eine am Boden zerschellt. Erzgebirgische Englein auf Mond und Sternen im kurzen weißen Hemd. Herbert brummt, er ist ein ungeduldiger Mann. „Daß diese kleinen Strolche einem auch immer den Nacktarsch zudrehen, ganz gleich, wie man sie hängt." Laura lächelt, alle Jahre derselbe Spruch. Obwohl Herbert so liebevoll sein kann, ein guter Vater, fürsorglicher Ehemann. Nur manchmal brennt bei ihm eine Leitung durch. Etwas klirrt. Diesmal läßt er nichts verlauten. Aber sie weiß: das war ihre rosa Glaskugel, mit dem weißen, pudrig gefältelten Innenfutter. Könnt ihr nicht aufpassen! Sie zwingt sich, in den Garten zu sehen. Der Winter stülpt sein Spitzenkleid über Pflanzen und Büsche, hüllt den Fichtenzaun in dichte Pelze ein. Ab und zu versprüht eine hüpfende Meise ein Schneegestöber. Herr, laß mich doch glücklich sein! Alles ist friedlich wie sonst. Alle Jahre wieder! Und doch bläht sich in ihrem Herzen die Angst.

„Fertig", sagt der Mann und kommt aus der Küchentür. Man wickelt sich in die Anoraks und geht in die Christmette. Ungern tut er das. Nur, weil seine Frau es befiehlt. Läßt ein 2-Mark-Stück in die Kollekte fallen. Laura faltet ihren Fünfziger so schmal, daß er ihn nicht bemerkt. Er nimmt ihren Arm nicht, als sie nach Hause schlittern. Lars und Leni stützen sie. Sie friert. Zu Hause zündet Herbert die Lichter an, reißt dann das Tuch von der Glastür. Zu dritt, denn er schweigt natürlich, singen sie die schönsten Weihnachtslieder. Stille Nacht. Es ist wie immer und doch irgendwie anders. Schon am Nachmittag hat es einen unbedeutenden Riß gegeben. Er will den Mohnstollen anschneiden, sie will ihn aufheben, weil morgen acht ihrer Freunde kommen. „Morgen bin ich nicht mehr da." – „Wohin mußt du morgen?" – „Du erfährst es früh genug." Die Angst tut einen Sprung, sprengt fast ihre Herzwände. Sie will sich mit den Kindern an deren Geschenken freuen. Für Lars eine Tauchmontur mit Kurs in Aquaba; für Leni ein Mountainbike, Laura darf ihr in der Schweiz beim Radeln zusehen. Ihr selber drückt Herbert nur einen Umschlag in die Hand. „Lies das erst, wenn ich morgen aus dem Haus bin." Er fühlt sich weich an, vielleicht ein Scheck für den neuen Ledermantel. Sie geht nach oben und schiebt ihn unter ihr Kopfkissen. Beim Abendessen ein zweiter Riß. Sie will auch die geräucherte Gänsebrust für die Freunde aufheben. „Wann stellst du deinen Mann mal in die erste Reihe?" „Ich mach dir übermorgen statt den Resten von der Gans ein Frikassee aus Eingewecktem." Er antwortet nichts. Am Abend hören die Kinder auf ihren Zimmern ihre neuesten CDs, Herbert liest einen Kriminalroman, wirft ihr einen anderen zu. „Du mußt mehr auf die Lektüre der Kinder achten – kein Sex, keine brutalen Verbrechen. Hast du mich gehört?" – „Gibt es sanfte Verbrechen?" fragt sie. Er lacht. „Verbrechen aus Liebe", pfeift er und geht nach oben. Das Licht ist schon gelöscht, als sie nachkommt. Der 1. Feiertag verläuft in stickiger Langeweile wie alle Festtage, nur daß sie in der Küche steht. Die Gans ist wirklich zu mager, heuer. Sie freut sich auf den Nachmittag. Sie hat ihre Freunde so nötig, dringlicher als das tägliche Brot. Sie kann doch nicht gar zu uninteressant sein, denn alle 8 mögen sie. Vier Paare, zwei davon legal verheiratet, die anderen ebenso zufrieden. Bin ich das nicht auch? Sie hört die ersten Stimmen, aufpoliert von einem Frühschoppen, als sie noch mit Tellern und Löffeln klappert. Auch Herbert hat schon zwei Flaschen den Hals gebrochen. „Endlich" hört sie ihn murmeln, während sie von Arm zu Arm wirbelt. Auch von den Männern ein freundschaftlicher Kuß. Wann hat eigentlich Herbert...? Sie schaltet ihre Gedanken ab, denn sie sieht ihn zum Windfang hinausschleichen, sein Übernachtköfferchen in der Hand. Wenn das alles ist, das er mitnimmt, hat er nicht vor, lange wegzubleiben. „Fröhliche Weihnachten", lallt er. Dann knallt die Haustür zu. Sie hört noch, wie er den Motor anwirft. „Gute Weihnachten, Herbert." Warum tut nur ihr Herz so weh?

„Einen praktischen Ehemann hast du, Laurakind, mach Platz, wenn die VIPs kommen." – „Ach, wenn ihr wüßtet, wie wichtig ihr für mich seid!" – „Also schleunigst die Tränchen stopfen. Heute ist doch kein Platz dafür." –

„Heute ist Weihnachten", sagt sie. Aber bald hat der allgemeine Wirbel sie eingefangen. Der Mohnstollen wird fachgerecht angeschnitten, sie packt ihre Geschenke aus. So liebevolle Dinge: ein Seidentuch, Lederhandschuhe, Parfum, ihre Lieblingspralinen. Wie kann ich das alles wieder gutmachen? „Dasselbe im nächsten Jahr." Ob es das noch gibt? Der Kaffeeduft hat die Ängste nur schwach besänftigt. Sie hat die Vision eines Sarges, der zu Grabe getragen wird. Herbert wird doch nicht? „Kinder, entschuldigt mich. Ich muß wissen, was los ist. Ihr habt gut Kopfschütteln, ja doch, er hat mir einen Brief hinterlassen. Zu lesen, wenn Herbert verschwunden ist. Er liegt oben im Schlafzimmer." – „Wo er wahrscheinlich am Platze ist." – „Aber Kindchen, Liebesbriefe läßt man doch nicht einmal nach fünfzehn Ehejahren herumliegen." – „Heute ist unser Hochzeitstag", flüstert sie.

Die plötzliche Stille läßt ihre Angst anschwellen. Sie greift zaghaft unters Kopfkissen, als ob da eine

Schlange, zum Knäuel gerollt, züngelte. Eine lange Zeit hören die da unten von ihr gar nichts mehr. „Sieht mir gar nicht nach Liebe aus." Dann klirrt oben eine Glasscheibe. Mike ist aufgesprungen. „Schnell, unsere Laura macht Dummheiten!" – „Nun übertreib mal nicht, sie hat einen Flakon fallenlassen." – Als sie endlich alle nach oben tappen, schwimmt sie schon in einer Blutlache. Susi und Egon fahren mit der Ambulanz ins Krankenhaus, die anderen sitzen betroffen wieder am Kaffeetisch. Mike hält den blutigen Brief in der Hand. „Ich glaube, wir haben ein Recht, zu wissen, was drinsteht." „Vermutlich hat dieser Lump sie im Stich gelassen." – „Mit einem Handköfferchen?" – „Den Rest seiner Habe wird er sich im Taxi holen müssen, denn ohne Laura wird er niemals wieder nüchtern werden." – „Aber er liebt sie doch?" – „Von Liebe ist hier nicht die Rede, nur daß 15 Ehejahre genug sind, die Kinder aus den Babyschuhen heraus, und daß er eine andere braucht. Hört zu: eine unscheinbare kleine Maus, die ich aber zum Leben so nötig habe, wie du deine Freundesclique. Jedem das Seine. Wir haben ein Haus gemietet. Dir wird also nichts weggenommen. Denn der Mittelpunkt in deinem Leben war ich schon längst nicht mehr. Ich werde für dich sorgen, nichts mußt du einbüßen: nicht das Haus, das Schwimmen im eigenen Becken, den Sport, die Konzerte, deine zahlreichen Nassauer..." „Unverschämtheit", warf Monique ein. „Laß mich zu Ende kommen: ‚du wirst vermutlich besser leben als zuvor; ich dagegen werde zwar nicht besser leben als bei dir, aber anders. Wenn du verstehst, was ich sagen will. Mein eigener Kommandeur. Außerdem reizen mich deine Negligés nicht mehr. Aber ich will vornehm bleiben, damit du mich in guter Erinnerung behältst. Schick mir alle Rechnungen für deine Kledage. Viel zu knabbern haben wir selber allerdings nicht, aber du gehst, was die Moneten anlangt, voran. Fallen Reparaturen an Heizung oder Pumpe an, ruf mich an. Laß uns den Strich in Frieden ziehen. Fröhliche

Weihnachten!' Das wär's." Mike legte den Brief zum Trocknen unter die Kaffeekanne. Die Frauen schluchzten, die Männer fluchten leise. Sie hingen noch in ihrem Tabakdunst in den Sesseln, als Laura, umwickelt und bandagiert, von Egon und Susi eskortiert, hereinschwankte. Sie sah den Brief und riß ihn, dunkel und verkrumpelt, wie er inzwischen war, an ihre Brust. „Untersteht euch, meine Post zu lesen." – „Aber wie werden wir denn." – „Wir bringen dich jetzt ins Bett, Laura. Morgen ist erst der zweite Feiertag, immer noch Weihnachten." – „Übernachtet ihr heute bei mir?" – „Nichts anderes lag uns im Sinn, Liebe." – „Dann bringt mir meine Blockflöte."

Sie setzte sich, mit dem Blick in den verzauberten Garten, in ihren Sessel aus Peddigrohr. Seine Polster umgaben sie wie ein zärtlicher Schoß. Dann spielte sie „Leise rieselt der Schnee", wenn man den Freunden glauben mag, stundenlang, bis sie schließlich umkippte und einer der Männer sie nach oben trug. Ihr Sohn

Lars räkelte sich auf. „Jetzt hat unsere Mama total ihren Verstand verloren." Leni rüttelte ihn: „Wiedergefunden hat sie ihn, endlich, merk dir das." – „Es wurde auch Zeit", sagte er. Leni ging ins Weihnachtszimmer und nahm von Herberts buntem Teller ein dickes Marzipanschwein, das sie in der Küche in elf Teilchen zerlegte. „Rache ist süß", sang sie, und reichte das Holzbrett herum. „Die Schnauze laßt ihr bitte für Mama."

Laura schrieb in ihr Tagebuch ein seltsames Gedicht:

> Es war einmal
> und ergibt keinen Sinn
> weil ich selber
> des Rätsels Lösung bin
> verpuppt in der Lüge
> entdeckt im Gebet
> eine Barke die trüge
> dafür ist es zu spät
> zwei Blüten in weiß
> aber nur ein Stamm
> weiß nicht wie ich heiß
> hat mich Gott verdammt

wer ist die Wunde
und wer ist der Baum
wem schlägt die Stunde
und wer schwimmt im Traum
wem soll ich Liebe
ins Herz hinein drängen
meine Hand ist verdorrt
bleibt an keinem mehr hängen
wer ist der König
und wer ist der Dieb
wer ist der Engel
hat die Mutter nicht lieb
wo ist das Grab
und wo ist das Kind
verhüte mein Stab
daß das Blut ich find.

Fünfzehn Jahre vergingen in erträgli-
chem Schmerz. Laura bewohnte das
Haus, Herbert besuchte sie ab und zu,
mit Rosen in der Hand an den Geburtsta-
gen. Jedesmal umarmte sie ihn, was er
sich gefallen ließ: „Hast du was zu essen
für mich?" – Und ob sie hatte! Ständig
hielt sie eine Mahlzeit im Kühlschrank
für ihren Mann bereit. Dann aß er und

trank, und rauchte und trank, bis Lars ein Taxi rufen und ihn mit dem Fahrer zusammen in den Wagen schleifen mußte. Laura schlief nachts mit seinem Bild auf der Brust. Es gibt ein Foto: Lenis Hochzeit, die in Lauras Garten gefeiert wurde. Herbert präsidiert als strahlender Pater familias, sticht, in einer langen grünen Küferschürze, ein neues Bierfaß an. Ein Leuchten verschönt sein Gesicht. Dann mußte das Haus verkauft werden. Total überschuldet. Laura verlor ihre geliebte Heimat, hatte aber Kraft und Mut, sich in einer kleinen (und doch viel zu großen, viel zu teuren) Wohnung einzurichten. Alle Männer des Verwandten- und Freundeskreises halfen ihr dabei, „auch mein lb. Mann", schrieb sie in Rundbriefen. Dann kam die Scheidung, und die hielt sie nicht aus. Wieso gerade jetzt, nach 15 Jahren und als das Haus wegfiel? Hatte Herbert, wie sie, doch vielleicht auf eine Rückkehr gewartet? Zugegeben hätte er das nie. Seine Gefährtin hatte ihm zwei Kinder geboren. „Ich würde in jedem Fall der Schuldige sein", sagte er. Ihren Körper noch einmal zu attackieren, verbot sie sich. Der Körper handelte selbst. Sie wurde schwerkrank. Sie starb ein halbes Jahr nach der Scheidung in Einsamkeit.

Die große Reise

Carline fing ein neues Leben an. Alles Überflüssige, die vielen Reste des alten, warf sie über die Schulter, ohne ihnen nachzublicken. Als da waren: altmodische Kleidungsstücke, Bruchbänder, Knöpfe ohne Knopflöcher, Schmerztabletten. Nie wieder will sie Schmerzen leiden, nicht im Kopf und nicht an ihrem Herzen. Ihre Freunde erklärten sie für verrückt, angesichts des nicht sehr großen Erbes, das ihr unerwartet in den Schoß gefallen war. Beschaff dir eine Lebensbasis, gründe eine Boutique oder einen Kunstladen, lege den Überschuß gewinnbringend an, und was dergleichen gute Ratschläge mehr waren. Die sie dem Wind in die Nüstern warf. Nein, sie hatte sich ein neues Auto gekauft, nur einen kleinen Micra, aber 4türig und silbern schimmernd, der Rest des Erbes müßte für ein Jahr irgendwo im Süden reichen. Kam sie einmal heim, aber daran dachte sie noch nicht, würde man weiter sehen. Sie löste ihre Wohnung auf und verkaufte oder verschenkte ihre wenigen Möbelstücke. Kommt Zeit, kommt Mobiliar. Jetzt aber war sie unbeschwert. Julian, ihrem langjährigen, lauwarmen Freund, hatte sie ohne viel Worte den Laufpaß gegeben. So einer findet sich immer wieder, die große Liebe war er jedenfalls nicht. Leidenschaft, Hingabe, Vertrauen, Geborgenheit – alles das Vokabeln, die sie aus ihrem Sprachschatz gelöscht hatte. Gelöstheit, Neugier, Abenteuer – jede Nacht einen anderen küssen, so etwa stellte sie sich ihre neue Freiheit vor. Sie umarmte ihre Wirtin, die schluchzend an der Haustür stand. Und wie oft war sie von dieser alten Vettel schikaniert worden. „Die Birnen im Garten gehören aufgelesen, sonst gehen die Ameisen dran." – „Es ist nicht mein Garten." – „Aber Sie sind die Mieterin. Mieter müssen für Ordnung sorgen. Die Treppe ist schlecht poliert." – Sie warf die Tasche mit den wenigen Kleidungsstücken – alles andere wird sie sich unterwegs besorgen – in den Kofferraum. Ihr Wägelchen sprang auf Anhieb an, nicht saumselig wie der letzte, mit dessen Zündung sie sich hatte quälen müssen. Adé, Stadt zwischen den Weinbergen, es ging auf Frankreich zu. Kurz vor der Grenze machte sie kehrt. Ihr fiel ein, daß sie nachts zuvor geträumt hatte, daß die Anfahrt durch die Schweiz führte. Sie erinnerte sich, wie sie früher, bei den wenigen Zugreisen, in Airolo, am Ende des Gotthardtunnels, aufgeblüht war, als flöge sie in eine neue Welt. Dieses Gefühl, am Anfang ihrer vielen Abenteuer, will sie noch einmal auskosten. Die Fahrt durch die Schweiz verlief glatt und ereignislos. Aber vor der Befreiung lag noch die lange, schier endlose Tunnelfahrt, bei der sie ängstlich wurde. Was tun, wenn es, wie schon so oft, in solchen Berggedärmen, zu brennen anfing? Aber dann tröstete sie sich: dieses sich durch einen Engpaß zwängen müssen gehörte zu jeder Geburt. Endlich tauchte der Lichtschein auf. Und dann bergabwärts ins geliebte Tessin. Ihr Herz weitete sich vor Freude. Noch lagen

Schneereste am Talboden, doch die Krokusse blühten schon. In Bellinzona, wo sie in einer winzigen Trattoria Kaffee trank, traf sie einen merkwürdigen Mann. Dicke Augengläser, Baskenmütze und ein Kittel voller Farbflecken. Sie fragte die Wirtin, aber so laut, daß er es hören mußte, nach einer empfehlenswerten Unterkunft. Der Mann mischte sich, wie erhofft, ins Gespräch. „Ein Freund von mir vermietet einen zum Häuschen umgebauten Stall, nicht weit von hier, im Centovalli. Aber ich weiß nicht, ob Sie Ruhe suchen." Obwohl das nicht der Fall war, ließ sie sich Adresse und Hinweg aufschreiben. Er schrieb mit der linken Hand. „Sind Sie Maler?" – „Gewesen. Meine Augen verbieten es mir." Sie entschuldigte sich und ging. Der hier war noch nicht zum Küssen, doch wer weiß? Das Tal und den Ort, Cavigliano hieß er, fand sie rasch. Sie stellte ihren Wagen in eine Bucht am Straßenrand, schulterte ihre Reisetasche und begann den Anstieg. 300 Meter auf engen, sich windenden Serpentinen sollten es sein. Ein schmaler Wasserfall begleitete sie, der sich unterhalb des Häuschens in einem Becken staute. Vor dem Eingang lag eine Frau am Wegrand, lebensgroß, den Kopf in den Arm gestützt, aus Bronze gegossen. Also war der Freund wohl Bildhauer. Eine prickelnde Neugier ergriff sie, sie nannte das Bronzeweib Anna. Das Häuschen aus Bruchsteinen, von Kastanien beschattet, entzückte sie. Innen lag ein großer Raum neben einer winzigen Küche. Wasser mußte man sich, so hatte der Fremde erläutert, von draußen holen, wo eine Leitung von dem Fall abzweigte. In einen Felsen geschlagen, mit einer klappernden Tür, fand sie auch das WC, Pilze wuchsen am Erdboden. Es sollte auch Geister geben. „Erschrecken Sie nicht, wenn Sie einer im Schlaf berührt." In dem Wohnraum stand ein Bett, ein Ecktisch mit Stühlen und ein alter Bauernschrank. Vor Fenster und Tür, frei sich schwingend über das Tal, ein geräumiger Balkon, man konnte in der Ferne die Lichter von Locarno sehen. Von seiner Decke hingen leere Korbflaschen. Heiß fiel ihr ein: sie hätte sich unten im Tal noch Proviant besorgen sollen. Aber noch einmal der Berg? Lieber will sie hungrig schlafen. Gegen 10 Uhr klopfte es an der Tür. Konnten das schon die Gespenster sein? Der halbblinde Maler stand vor der Tür, schwenkte einen Korb: „Das sollte fürs erste reichen für Sie." Dankbar packte sie aus: Brot, Wurst, ein Stück Käse und eine Flasche Wein. Mit der machte sie sichs auf dem Balkon gemütlich. Überall im Tal und auf den gegenüberliegenden Bergen blitzten Lichter auf, als wären die Sterne vom Himmel gefallen. Beruhigt und glücklich schlief sie ein, rund um einen wunderbaren Traum: Sie erwachte in einem goldenen Frühlingsmorgen. Sie schwamm in dem Felsenbecken und machte sich nach dem Frühstück an den Abstieg. Sie überquerte den Fluß am Talboden auf glitschigen Steinen, ohne auszugleiten. Zuletzt reichte ein Mann ihr die Hand, er saß da und angelte. „Fangen Sie da was?" – „Vor allem Muße für meine Seele." – Das gefiel ihr gut.

Sie lief auf halber Höhe des anderen Berges auf einem Weg, der nach Ascona führte. In einem Bergdorf machte sie halt. Er saß vor einer kleinen Kneipe und winkte. „Essen Sie mit mir, seien Sie mein Gast." Wie war er nur vor ihr hierhergekommen? Er bestellte einen Risotto und Wein. Gesprächig war er nicht, ihr kam es vor, als ob sie allein mit sich selber spräche. Sehr schnell verabschiedete er sich. Schade, denn sie mochte ihn mit seinen langen dunklen Haaren und dem scharfgeschnittenen Gesicht. Ob er der Freund war? „Sind Sie vielleicht Bildhauer?" – Doch er antwortete nicht. Leicht enttäuscht ging sie weiter, atmete aber entzückt den Balsam des Windes ein. Oben auf dem Monte Verità ließ sie sich erschöpft ins Gras fallen. Ihr war, obwohl sie alle Vögel hörte, als sei sie eingeschlafen. Ein Kuß auf die Stirn weckte sie. „Ich singe Ihnen jetzt meine schönsten Liebeslieder." – Er hatte einen wundervollen Bariton. Sie saß da, die Hände um die Knie geschlungen, und gab sich ganz dem Zauber der Stimme hin. Es dämmerte schon, als er ging. Sie schaute ihm nicht nach: er wird wiederkommen! Es war schon dunkel, als sie ihr Haus erreichte. Er saß auf dem Balkon und hielt ihr einen Pokal entgegen. „Also sind Sie der Freund?" – „Dein Freund", sagte er. Es folgte eine betörende Liebesnacht. Sie wunderte sich nicht, als er am Morgen gegangen war, räkelte sich noch einmal auf der schmalen Liege. Dann wachte sie auf.

Ihr Körper, nicht nur ihre Erinnerung, hatte alles behalten. Jede seiner Zärtlichkeiten. Sie schwamm nackt in dem Felsenbecken, kochte sich Kaffee und aß von dem Rosinenbrot, das der Maler vor die Tür gelegt hatte. Dann beschloß sie, den Traum Schritt für Schritt noch einmal zu erleben, aber dieses Mal wachsamer. Wahrscheinlich wird er mich bitten, ihm Modell zu stehen. Sie würde es tun. Ihr war, als kenne sie ihn jahrelang. Mein Freund. Sie überquerte die Maggia auf schlüpfrigen Steinen, einmal glitt sie aus, doch nur ihr Rocksaum wurde naß. Sie wußte nicht mehr, was sie in ihrem Traum getragen hatte, die Jeans oder einen Rock? hatte sich dann aber für den Rock entschieden. Geeigneter für Abenteuer. Sie war enttäuscht, als sie ihn nicht gleich fand, suchte einige hundert Meter in jeder Richtung auf dem Uferpfad. Endlich saß er da, von einem Weidenstrauch verborgen. Erstaunt sah er auf. „Haben Sie sich verlaufen, Signorina?" – „Erkennen Sie mich nicht?" – „Ich treffe hier selten jemand." – „Und was fangen Sie so? Muße für Ihre Seele?" – Er lachte kurz. „Ich bin doch kein Dichter." Er öffnete seinen Fischkorb: zwei Forellen. „Gut, daß Sie hier nicht umsonst gesessen sind." – „Das tue ich nie." Er vergab das Stichwort für ein Kompliment. Außerdem hatte er kurzes und blondes Haar, sehr viel weichere Züge, einen sensiblen Mund. Ihr Gefühl sagte ihr: Er muß es sein, ich bin ihm nur noch nicht aufgegangen. Sie fragte ihn nach dem Weg zum Monte Verità, er beschrieb ihn ihr. Verwirrt machte sie sich an den Aufstieg. In dem kleinen Bergdorf suchte sie nach der Wirtschaft, wo sie in ihrem Traum gegessen hatten. Schließlich fand sie eine, doch sie war anders gebaut. Schon wollte sie umkehren, als sie ihn von der Tür aus rufen hörte: „Appetit auf Forellen? À la Müllerin?" Ihr Herz tat einen heftigen Satz. Wie war er nur so schnell hier heraufgekommen? Aber sie fragte ihn nicht, setzte sich zu ihm an einen Steintisch und aß die Spaghetti, die er bestellt hatte. „Wir trinken einen Nostrano, auch wenn er scheinbar nicht zu den Fischen paßt. Alles nur Vorurteile." Sie ließ sich willig einschenken, stieß dann mit ihm an. „Ricardo", sagte er. „Carline." „Wie apart, daß Sie das o und das a vergessen haben." – „Daran sind meine Eltern schuld." Diesmal sprach er, erzählte kleine Anekdoten aus seiner Kindheit. Woher weiß er nur, daß ich in jedem Mann den kleinen Jungen liebe? Als er aufbrach, fragte sie: „Sie sind nicht zufällig Bildhauer?" Wozu sie das wissen wolle. Nur so, sie interessiert sich eben für Künstlermenschen. „Nicht für zu viele!" drohte er, küßte sie auf die

Wange und ging. Sie wußte nicht, was sie von ihm halten sollte. – Der dunkle Schöne aus ihrem Traum, den sie inzwischen fast für wirklich hielt, verstellte sein Bild. Auf dem Monte Verità in dem spärlichen Frühlingsgras schlief sie ein. Eine Stimme weckte sie, ein eindrucksvoller Sprechgesang. „Ich bin Schlagersänger. Genügt das Ihrem Kunstbedürfnis?" Verzaubert hörte sie ihm zu. Diesmal verschwand er nicht, sondern führte sie, Hand in Hand, bergabwärts. In einem Laden erstand er zwei Steaks und einen Kopfsalat. „Kochen Sie uns ein Abendbrot", sagte er, „ich werde pünktlich sein." Dann setzte er sie in das Bähnchen, das in Richtung Centovalli führte. Mit wunden Sohlen erklomm sie ihren Berg, schwamm in dem Felsenbecken und stellte sich dann an den Herd. Den Tisch schmückte sie mit ein paar Zweigen in einer alten Farbdose. Es war schon spät, als er kam, das Fleisch verbraten, der Salat eingefallen. Trotzdem aßen sie hungrig. „Bevor wir zu Bett gehen, will ich dich noch zeichnen. Sitzt du

mir?" – „Nackt?" – Er nickte. „Ich will
doch jede Linie von dir behalten." Sie
schlüpfte aus ihrem Hausanzug und ließ
sich von seinen behutsamen Händen in
die Stellung rücken, die er für die Zeich-
nung brauchte. Den Kopf leicht geneigt,
die Handflächen hinter dem Rücken auf-
gestützt, „die Beine kannst du überein-
anderschlagen." Zuletzt drapierte er einen Seidenschal, den er aus seinem
Rucksack genommen hatte, in ihrem
Schoß. Er war so konzentriert, daß sie
seine Augen wie kleine Tiere über ihren
Körper huschen fühlte. Als er fertig war,
gab er ihr das Bild. „Nicht schlecht,
oder?" Sollte ich so schön sein, dachte
sie, ergriffen von seinem Liebesblick. Er
nahm sie in seine Arme und trug sie aufs
Bett. Dann begrub er sie in einer dunklen
Leidenschaft, die ihr Schwindel machte.

Im Büro des Gendarmeriepo-
stens stand ein Mann, aufgeregt mit den
Händen fuchtelnd. Er trug dicke Brill-
engläser, eine Baskenmütze und einen
farbbefleckten Kittel. Seine Stimme
schwankte vor Erregung. „Ich bringe ihr,

ich meine, der Fremden, frisches Brot, Butter und Milch, sie schläft noch, aber dann sehe ich, daß sie tot ist, mausetot. Frag mich nicht, wieso. Keine Spuren von Gewalt. Nur ein Kissen lag auf dem Boden, und ein Boccalino neben ihrem Bett. Ob ihrs mir nun glaubt oder nicht, sie sah richtig glücklich aus." „Richtig glücklich, wer ist das schon?" sagte zweifelnd der Gendarm. „Die Schöne schon, jedenfalls jetzt", sagte der Mann, der sie gefunden hatte.

Verirrtes Lamm

Den Eingang zum Fegefeuer überwölbte ein grauer Glashimmel. Zwischen graue Eisenstäbe gespannt, sperrte er alles Blaue aus. Entblößt schlich man durch dunkle Korridore, stieg in ächzende Fahrstühle. Dann eine Glastür, verschlossen. Eine Schwester kam und öffnete, zeigte einem das Bett und das Viertelschränkchen, das alles aufnehmen mußte, was einem fortan noch gehörte. Um einen sich windenden Gang, ohne Bilder an den Wänden, lagen ein Speisesaal, ein Raum zum Aufenthalt, falls man sich nicht noch im Bett versteckte, und die Krankenzimmer, vierbettig, die Füße der Patienten wie Tortenstücke einander zugekehrt. Nicht, daß das die Gemüter versöhnlicher stimmte. Die Frauen lagen fast alle miteinander im Streit oder übten verächtliches Stillschweigen. Meist ging es um die Zuneigung der wenigen Männerherzen, die unter den Frauenzimmern ihre Wahl trafen. Wer kümmerte sich etwa um die sommersprossige Anja? Abgesehen von Dr. Tunichtgut, der sie herzlich mochte, aber er wurde abberufen. Also allein. Außer am Frühstückstisch. Ein wenig Abwechslung brachten die Arztvisiten, aber keine Ermunterung. Öde bis zum Mittagessen. Danach der fast heitere Küchendienst, wochenweise eingeteilt, oder Mittagsruhe. Nur wenige Besucher kamen. Gesunde fürchteten, sich an der Krankenatmosphäre anzustecken. Kaffee und Abendbrot wieder am großen Familientisch, und die nicht endenden Abende: Fernsehen, Karten, alberne Spiele, von den Schwestern geleitet, so daß es kein Entrinnen gab, all das versunken in Rauchwolken. Die Besucher beklagten sich über den Qualm, der von den Ärzten geduldet wurde. Die Antworten waren gehässig bis gleichgültig. „Irgendetwas müssen die armen Teufel doch haben, oder was nützt ihnen ein gesunder Körper, wenn der Verstand verrottet." An manchen Tagen gab es Redestunden: „Wie ich mein Unheil erlebt habe", das Schlimmste von allem. Wenn

z. B. Ruben erzählte, obwohl er aller Liebling war. Niemand, der seine Neigung abgewiesen hätte. Er aber sagte: „Ich bin nicht schwul, und mit seinen Müttern schläft man nicht." Das kam von seinem grausigen Muttererlebnis. Das war so verlaufen: „Ich wanderte durch Südfrankreich, immer am Meer entlang. Plötzlich, gegen Mittag, zog sich die Welt vor mir zurück. Die Wellen spielten nicht mehr um meine bloßen Füße, statt der brennenden Sonne stach mich ein harscher Wind, in den Fußstapfen, die ich im feuchten Sand hinterließ, sammelten sich Spulwürmer. Dann ein Blitz, nein, zwei, dann drei, begleitet von einem unheimlichen Donnergrollen. Ich warf mich zu Boden, die Welt geht unter, dachte ich. Dann schoß am Horizont ein Palast in die Wolken, Mauern aus Flammenzungen. Eine Frau trat heraus, in einer Mandorla aus Schlangenmäulern. Madame Dieu. Frau Gott befahl mir, mich auszuziehen, auf dem Bauch meinen Weg zu robben, bis wohin, würde ich gewahr werden. Unterwegs sollte ich, wie eine Ziege, mit den Lippen Kräuter rupfen. Auf meinem Pfad, der nicht mehr am Meer entlang, sondern durch eine Wüste führte, wand sich eine Sternenschnur. Ich kroch und kroch, bis ich vor Schmerzen laut aufheulte. Blutig und zerschunden, übel von dem zerkauten Gewächs, wie ein Mandelkuchen gespickt mit den Dornen der Kaktusfeigen, verlor ich das Bewußtsein. In einem Schäferwagen am Fuß eines Bergmassivs kam ich wieder zu mir. Die Herde hatte mich gefunden, das Erbarmen des Tiers verspürt; der Schäfer legte mich auf einen alten Mantel. Dann ging er den Gendarmen holen. Den Rest seht ihr hier."

Unter den Frauen gab es eine alte Lehrerin, doch Anja mochte ihre Augen nicht, obwohl Josefa sich, Zärtlichkeit vortäuschend, an sie heranmachte. „Ich will nicht gestreichelt werden." Josefa lachte. „Törichter Trotzkopf, du. Wer außer mir tut es denn? Jedes Menschenwesen braucht Zuwendung." Mit der Zeit gelang es Josefa, Anjas Vertrauen zu gewinnen, zumal sie

sie nicht mehr anrührte. „Ich bringe dich weg von hier. Es dauert nicht mehr lange, bis ich entlassen werde. Vorher kannst du schon zu mir kommen. Mein Mann wird sich um dich kümmern." Anja stimmte schließlich zu, wenn auch mit Furcht im Herzen. Sie hatten noch keinen Tag für die Flucht bestimmt, als unerwartet Else starb. „Das ist deine Chance", Josefa war erregt. „Die Schwestern fürchten sich vor allem, was Tod bedeutet. Heute nachmittag wird der Sarg gebracht. Warte, bis er hereingebracht ist. Dann fährst du nach unten. Niemand wird dir in den Weg treten." Anja packte ihre Reisetasche und wartete in der Nähe der Tür. Als die Männer den Sarg brachten, schlüpfte sie unbemerkt nach draußen. Der Fahrstuhl war leer. Leere Korridore. Der Pförtner saß mit dem Rücken zur Glasscheibe. Dann Luft einatmen. Häuser und Bäume kamen auf sie zu. Auf der Brücke sah sie den paddelnden Enten zu. Am Hauptmarkt wurde sie von der brodelnden Menschenmenge verschluckt. Es war Advent.

Weihnachtslieder dudelten, Christbäume leuchteten unter Kerzen und Glaskugeln. Sie betrat schüchtern ein Warenhaus und suchte sich eine Wolljacke. Es ging ganz einfach, wie leicht doch das Leben war. Ein paar Winterstiefel fielen auch noch ab. Dann ein Kakao und ein Stück Sahnetorte. Das verschmolz auf ihrer Zunge wie ein Scheibchen vom Paradies. Im Treppenhaus von Josefas Mietshaus roch es nach Kinderwindeln. SCHMIDT sagte ein Schild in altmodisch verschnörkelten Buchstaben. Das Messing hätte geputzt gehört. Ein uralter Mann in abgeschabtem Bademantel machte ihr mißtrauisch auf, das Nachthemd schlotterte um seine blaugeäderten Füße. „Ich kaufe nichts." – „Ich bin Anja", sagte sie, „Sie sollen mich vorläufig aufnehmen." Ein mattes Lächeln glitt über sein zerfurchtes Gesicht. „Davon weiß ich nichts, aber komm nur herein, dann wollen wir alles bereden." Sie folgte ihm in eine dunkle Diele mit einem Schirmständer und einem fleckigen Wandspiegel. Sie führte in ein altmodisches Wohnzimmer, wo er sie sanft in einen Sessel drückte. „Nun“, sagte er, als sie geendet hatte, „vielleicht solltest du wissen, daß es hier keine Josefa Schmidt gibt. Der einzige Schmidt bin ich, Richard mit Vornamen. Er gab ihr die geäderte Hand. „Zufällig weiß ich, daß Josefa Schmidt, sie lebt im Nachbarhaus, ledig ist. Eine einsame Lehrerin. Ich bin dagegen, daß du zu ihr gehst. Gib mir ihren Schlüsselbund, ich werde beim Hausmeister anrufen und sagen, daß ich ihn gefunden habe. Sie würde dir jedes Schlupfloch vermauern. Wenn du magst, kannst du bei mir bleiben. Meine Großnichte Anja, die mein Freund, der Hausmeister, anmelden wird. Du bleibst, solange es dir gefällt. Vielleicht wirst du bei mir gesünder als drüben in dieser Klapsmühle.“ Er zeigte ihr eine Kammer, in deren Schrank sie ihre Sachen hängte. Am nächsten Morgen kam die Putzfrau aus Sri Lanka, vor der sie sich nicht zu zeigen brauchte. Richard ließ sich sein Bett frisch beziehen. Am Abend, sie hatten zusammen ferngesehen, fragte er scheu: „Magst du ein wenig an meinem Bett sitzen?" Anja nickte, sie wußte, daß sie etwas für Essen und Obdach erstatten mußte. Deshalb schlüpfte sie, als er einladend die Bettdecke aufschlug, wortlos an seine Seite. Wie kalt er war! „Magst du mir ein bißchen die Füße wärmen?" So begann ihre außergewöhnliche, aber liebreiche Zweisamkeit. Rasch begann sich Anja sicher zu fühlen, im Schutz eines fast wortlosen, aber sie ummantelnden Glücks. Abends hatten sie für sich ein Spiel ersonnen: „Pan und die Nymphe Gaja auf der Weide der hundert Wonnen." Pan befahl allen Vögeln, Bienen und Brummern, eine Motette zu musizieren. Inzwischen hängte die Nymphe Gaja ihre Schleier an alle Baumwipfel, sperrte unwillkommene Neugier aus. Dann legte sie sich in die geräumige Wiesenmulde. Pan, ein Leuchten auf seinem alten Gesicht, ließ sich bei ihr nieder. Seine zärtlichen Lippen sagten ihr, wie glückverheißend ihr Körper sein konnte. Was er wirklich tat, wußte oft nicht einmal die Nymphe Gaja zu sagen, die unter seinen

Liebkosungen in einen leichten Traum verfiel. Schließlich bettete er sich in ganzer Größe auf ihre Lieblichkeit und begann zu schlafen. Sein Schnarchen weckte die Nymphe Gaja wieder auf; da sie ihn aber sehr gern hatte, entglitt sie seiner bedrückenden Schwere, ohne ihn aufzuwecken. Sie löschte die blaue Sonne, die das Spiel auf der Wiese gewärmt hatte. So vergingen einige Monate. An einem Morgen lag er tot neben ihr. In seiner Fürsorge hatte er ein solches Ereignis, von dem sie nichts hören wollte, gründlich mit ihr durchgesprochen. Du drückst mir die Lider zu, faltest meine Hände, rufst den Arzt für den Totenschein. Gibst dem Postboten die Briefe, die ich für deine Ärzte und für meinen Anwalt geschrieben habe. Rufst ein Bestattungsunternehmen an. Sobald sie mich fortgebracht haben, nimmst du an dich, was ich auf meinem Schreibtisch für dich bereitgelegt habe. Bring das Geld auf ein Konto, behalte eine kleine Summe für dich. Mein Anwalt wird dir sagen, daß und wie du meine Erbin bist.

Ich habe dir nicht nur eine monatliche Rente vermacht, sondern auch die Wohnung mit allem Inventar. Ich schlage deinen Ärzten vor, daß du, wenn sie dich für geheilt befinden, woran ich nicht zweifle, ein paar dir angenehme Patienten zu dir nimmst, eine Wohngemeinschaft nennt man das wohl heute. Solltest du Josefa begegnen, kümmere dich nicht um sie. Dies, und noch einiges mehr, prägte Richard Anja mit großer Sorgfalt ein. Noch vor dem Fegefeuer traf sie auf Dr. Tunichtgut. Er strahlte sie an: „Ich habe einen Brief von meinem alten Kollegen Richard Schmidt erhalten, in dem er dir die Heilung attestiert. Ich werde dich also nicht länger als nötig da oben festhalten. Sieh zu, daß du so rasch wie möglich mit deinem Studium anfängst. Wirst du dich auf die Psychiatrie werfen? Erfahrung hast du ja genug. Und wen wirst du in eure Wohngemeinschaft mitnehmen?" „Unter anderen Ruben", sagte sie. Oben im Höllenfeuer hörte sie von weitem schon seine Singstimme. „Und die Erde zog sich vor mir zurück. Plötz-

lich erschien SIE, la femme de Dieu." –
„La femme de l'homme", rief Anja. Er
lief auf sie zu. „Antje, wie schön du geworden bist. Kann sein, daß ich dich lieben könnte." – „Warten wir's ab", sagte
sie.

Alte Liebe...

Seit einigen Jahren ging sie dreimal in der Woche pflichtbewußt zum Friedhof, schleppte die schwere Gießkanne vom Brunnen zum Grab und sah zu, daß jedes Pflänzchen genügend Feuchtigkeit bekam. Neuerdings war das Nachbargrab zur Rechten belegt. Doch stand auf dem Stein nur der Name der Ehefrau, für den des Gatten war Platz gelassen. Auf Lisas und Gerhards Stein dagegen waren Lisas Name und Geburtstag schon eingefügt, nur noch das Sterbedatum fehlte. „Wenn es soweit ist, für Ihre Erben eine Kleinigkeit, nicht einmal Extrakosten", hatte ihr der Steinmetz versichert. Nun ja. Sie fand das ein wenig zuviel der Fürsorge. Aber sie hatte den Mund gehalten. Jetzt jedenfalls lebte sie noch, wenn auch an manchen Ecken und Enden etwas angeschlagen. – Am Totensonntag erblickte sie den nachbarlichen Witwer zum ersten Mal. Graues, kurzgeschorenes Haar, Goldrandbrille, eine herrische Nase und ein selbstbewußtes Kinn. Die Lippen dazwischen könnten weich sein, hielte er sie nicht so fest eingekniffen aus Haß gegen den Tod. Er ist nicht gerne alt, dachte sie. Da kam er auch schon auf sie zu. „Nicht, daß ich noch einmal heiraten werde", sagte er, „aber das soll uns nicht hindern, ab und zu ein Täßchen Kaffee miteinander zu trinken." Er griff nach der Gießkanne: „Das ist doch viel zu schwer für Sie", aber er schwenkte sie nur ein paarmal in der Luft, die Stiefmütterchen von der Grabeinfassung blieben trocken. Am nächsten Sonntag, es war schon 1. Advent, lud er sie in seine Wohnung ein. Sein Sohn sollte sie abholen, doch sie bestand auf einem Taxi. Nicht gleich den kleinen Finger reichen! Nervös die Knöchel knackend, stand er unter der Haustür, doch er gab ihr nicht die Hand, obwohl die steile Treppe sie keuchen machte. Er mußte etwa acht Jahre älter sein als sie, trotzdem sprang er die Stufen hoch, immer zwei auf einmal nehmend. Du kleiner Angeber, dachte sie. Nach einer Stunde kam die

Schwiegertochter. Lisa wußte nicht, ob sie aufstehen oder sitzenbleiben sollte, die junge Frau setzte sich jedenfalls nicht. „Wie schön, daß Sie unserm alten Vater ein bißchen Gesellschaft leisten." – „Und er mir", sagte Lisa. Das schien ihm zu gefallen, denn er tätschelte, als Ilona gegangen war, Lisas Hand. Während der Weihnachtsfeiertage sahen sie sich nicht, „die gehören der Familie", sagte er, ohne zu fragen, ob Lisa auch solche Tröster hatte. Sie saß mit ihrem Christbäumchen, nicht einmal unglücklich, allein. Ob er auch an mich denkt? Sicher nicht, bei all den vielen Enkeln. Neujahr verbrachte sie damit, ihm eine Krawatte zu malen, das erfreute ihn sehr. Das erste Treffen im Januar verbrachten sie bei ihr, sie hatte eine Flasche Sekt geöffnet. Er hob ihr sein Glas entgegen: „Auf unsere Freundschaft". Der Satan juckte sie: „Auf unsere Liebe". Sie wußte selbst kaum, ob sie es gesagt oder nur gedacht hatte. Er war ein bißchen rot geworden. „Liebe im Alter gibt es nicht." – „Was denn sonst?" – „Gute Kameradschaft."

Er trank, und sie überlegte: küßt man noch im Alter? Sie war ja so unerfahren. Als hätte er ihre Gedanken gelesen, ergriff er ihre Hand und küßte sie. „Aber ‚du' sagen können wir. Eugen." – „Lisa." – Bis dahin waren sie Herr Müllner und Frau Gieseler gewesen. Nun fast schon ein Liebespaar. Ein paar Wochen später – inzwischen kochte sie dreimal wöchentlich für ihn – knöpfte er den obersten Knopf ihrer Bluse auf und ließ seine Finger über ihre Achselbänder gleiten. Wieder ritt sie der Teufel, sie summte die Melodie von ‚Ich hatt einen Kameraden'. Er rückte von ihr ab, aber nur soweit, daß noch die Wärme des einen in den anderen Schenkel strömte. „Du machst einen ganz nervös", sagte er, „aber einen bessern als mich findest du wirklich nicht." Den Tag, an dem er sie zum erstenmal richtig küßte, zuerst auf die Wangen, dann auf den Mund – hatte sie im Verlauf der Wochen vergessen, obwohl sie ihn sich hatte merken wollen. Die Ostereinkäufe besorgten sie schon Arm in Arm. Er hatte sie untergehenkelt, weil er so ihre Brust besser spürte. Sie war ein bißchen aufgeregt, weil sie manche Blicke auf sich zogen. Sie vielleicht 78, er mag schon 86 sein, werden alte Leute denn nie vernünftig? Dabei konnte er sich sehen lassen: noch gerade und aufgereckt, ein elastischer Gang, das Bärtchen modern gestutzt. Das Aschenputtel war sie, obwohl sie einen Teil ihrer Rente für neue Kleider ausgegeben hatte: ein dunkelblaues Kostüm, einen langen Wickelrock mit Spitzenstola, einen sportlichen Hosenanzug. Und – sie hatte es tatsächlich gewagt – einen zartfarbenen Lippenstift. Sie machte ihm keine Schande. Er war sonntags wie werktags in sportlichen Tweed gekleidet. Sie kauften viele Süßigkeiten für die Kinder, er für sie ein riesiges Schokoladenei, in rosa Stanniol gewickelt. Zwei wollige Entlein hockten auf der Schleife. „Das sind du und ich", sagte er. Wie er noch so kindlich sein konnte, bei seiner sonst wohl eher etwas tyrannischen Manier. In den Osterferien fuhren sie mit den Kindern in zwei Wagen an die See, bezogen in einem Ferienhaus zwei winzige Einzelzimmer. Aber die Tage mit Ralf, Ilona und ihrer Brut machten Lisa verlegen. Immer fühlte sie Ilonas prüfende Augen auf sich gerichtet. Was tun die beiden in den Einzelzimmern? Nichts, nur ein Gutenachtkuß vor der Tür. Aber wie konnte man das publik machen? Eugen teilte ihre Unsicherheit nicht. „Noch bin ich Herr der Familie und gedenke, das noch eine Weile zu bleiben." Oft mußte sie jetzt, obwohl sie ein wenig in Eugen verliebt war, an ihren verstorbenen Gerhard denken. Ihn hatte sie bedenkenlos als ihren Herrn anerkannt. Was ihr bei Eugen schwerer fiel. Bei Tisch setzte Ilona Eugen und Lisa nicht neben einander. Die Kinder aber verhielten sich herzlich, nannten sie Lisa, nur der Kleinste sagte Oma. So vergingen mit einigem Anstand diese eher qualvollen Tage. Wieder zum Sonntagsessen bei ihr, es gab Semmelknödel, sagte Eugen: „Das nächste Mal verreisen wir allein", was sie glücklich machte. Sie wählten dafür den späten Sommer, keine Schulkinder mehr unterwegs. Im Hotel wenig Gäste, vor denen sie sich nicht genierten. Sie hatten ein Doppelzimmer genommen. Das Hotel war eine Nobel-Herberge, an der Decke des Foyers tanzten Putten einen Liebesreigen. Lisa und Eugen dinierten superb, verschoben den Aufbruch zum Nachtgebet um immer neue Gläser eines nicht zu teuren Weins. Schließlich stand Eugen auf. „Mein Herzblatt, wir müssen wohl." – „Wir sind doch viel zu alt, Eugen." – „Nicht für alles, du bist doch meine Lolita." – Sie bestand darauf, während er im Foyer beklommen wartete, sich allein auszukleiden, empfing ihn dann in ihrem neuen Negligé, das lose an ihr herabfiel und sie schlanker machte. Dann kuschelte sie sich in die Kissen und sah ihm beim Auskleiden zu. Er war einen halben Kopf größer als sie, straff gebaut, die Muskeln hielten den Jahren stand, bis auf diejenigen Körperteile, die bei einem Mann, ähnlich wie der Busen einer Frau, am ehesten erschlaffen. Seine Zähne verstaute er in einem Wasserglas, was das Küssen ein wenig schwierig machte. Im übrigen gab sie sich mit ihrer ganzen verbliebenen Liebesbereitschaft hin, die er mit geschickten, wenn nicht gar zärtlichen Händen und Lippen zu erwidern suchte. Dieser ersten, gelungenen Nacht folgten 13 andere, bis sie sich leicht ermattet auf den Heimweg machten. Im Zug legte sie den Kopf an seine Brust. Der Sommer verlief in angenehmer Behaglichkeit. Sie kochte seine Lieblingsgerichte und wagte sich mit größerem Selbstvertrauen unter Ilonas Augen. Eugen füllte ihre Vasen mit Rosen, sie brachte dem Jüngsten, der sie immer noch Oma nannte, kleine Geschenke mit. Mal ein Lego-Auto, oder einen die Fahne schwenkenden Zinnsoldaten, der noch aus Gerhards Kindheit stammte. Trotzdem wurde aus dem Sommer ein bekümmerter Herbst. Warum bin ich nur so traurig, fragte sie sich. Früher war der Herbst meine große Zeit. Auch an Eugen entdeckte sie von Zeit zu Zeit kleine Verstimmungen. An Lorettas Todestag weigerte er sich, bei ihr zu essen. „Dieser Tag gehört meiner Frau." Seine Schroffheit bedrückte sie, hatte sie doch noch nie seinen Erinnerungen oder gar seiner Trauer im Weg gestanden. Sie küßten sich nur noch selten, seit diesem Todestag gar nicht mehr. Immer häufiger mußte sie an Gerhard denken. Nie hatte er sie unter seinen Launen leiden lassen. Bestrafst du mich jetzt? Aber nein, Rachsucht war keiner seiner Wesenszüge. Dann kam Totensonntag, der Tag, an dem sich Lisa und Eugen vor einem Jahr begegnet waren. Wäre ich doch nur damals nachmittags zum Grab gegangen. Aber nein, weil sie bei einer Freundin zum Kaffee eingeladen war, hatte sie ihr Programm geändert. An jenem Morgen aber, die Glocken läuteten gerade zum Gottesdienst, stand Eugen da. Auch am jetzigen Totensonntag gingen sie morgens gemeinsam zum Friedhof. In der Nähe von Lorettas Grab war ein neuer Hügel aufgeschichtet. Eine junge Witwe, oder war es eine Tochter, in Persianerjacke und Jeans, zupfte an den Kranzschleifen. Sie trafen sie von nun an jeden Sonntag. Weihnachten verbrachte Lisa

allein. Am Neujahrstag gab es für Eugen
kein Halten mehr. Mit ausgestreckter
Hand lief er auf die Junge zu; Lisa war,
als ob sie ihn rufen hörte: Heiraten werde
ich nicht mehr, aber das soll uns nicht
hindern, ab und zu ein Täßchen Kaffee
miteinander zu trinken. Die Junge starrte
ihn an, wendete ihm dann ihren Rücken
zu. Zerknirscht kam Eugen wieder ange-
trottet. Lisa aber hatte sich aufgerichtet.
„Eigentlich sollte ich jetzt sagen: Eugen
du gehst besser. Aber weil ich Dir so
dankbar bin, will ich nicht eifersüchtig
sein." Die Dämmerstunde dieses Toten-
sonntags verbrachten sie eng umschlun-
gen auf Lisas Couch. Sie belauschte sein
Herz: „Wie warm und kräftig es
schlägt!" „Nur für dich", sagte er.

Leere Stirn ist immer heiter
(Altes Sprichwort)

Ich bin die Großmutter. Nicht gerade ein Pfirsich mehr, aber auch noch keine Trockenpflaume. Wölfe streichen mir mehr als gewünscht um die Röcke. Hosenbeine sollte ich lieber sagen, denn ich bin eine praktische, modebewußte Frau. Außer von mir wird mein Häuschen von meinem Schwiegersohn und seinem dreifachen Nachwuchs bevölkert. Meine Tochter Conny ist ihm davongelaufen, bezieht ihr Unglück nun anderswo. Yvonne, Sara und Patrick ergötzen sich noch an dem Alter, wo sie sich aussuchen können, welcher Rockstar ihr Vorbild sein soll. Trotzdem fühlen sie sich schon als perfekte Menschenwesen. Vor allem geben sie sich farbenfreudig. Rote Käppchen oder dergleichen haben sie allerdings nie getragen. Als Kopfbedeckung genügt ihnen ihr Haar, mal ausgezackt, mal blank geölt, in langen Strähnen schmelzend oder glatt geschoren.

Bloß nicht wie gewaschen oder gar ge-
kämmt darf es aussehen. Unterscheiden
kann ich die drei jedenfalls schwer, von
hinten läßt sich das Geschlecht, ge-
schweige denn der Name, schon gar
nicht ausmachen. Deshalb begnüge ich
mich meistens mit einem „Du“: „Du da,
räum mal die Spülmaschine aus.“ Be-
klagt er oder sie sich dann, weil ein and-
rer dran ist (wir führen einen strengen
Wochenplan) und schleppt mir den Sün-
der prompt an, bin ich auch zufrieden.
Bis auf die Hühnerhofkämpfe um ein
Korn, um ein Ei, sind wir behagliche
Naturen. Waren es jedenfalls. Vor kurzem ist etwas eingetreten, was sich als
Unheil entpuppt hat, obwohl es zunächst
– für mich jedenfalls – wie ein Zipfel
von Verheißung aussah.

„Oma, mach dir die alten Finger
nicht mit Glücksspielen schmutzig“, hat
mich einst das frühreife Kind Patrick
gewarnt. Nicht, daß mich gerade jetzt
jemand verehren würde. Etwas ganz anderes ist mir passiert.

Eines Morgens, als ich wie immer mit besorgten Fingern die Post aufhebe, es sind meistens doch nur unberechtigt überhöhte Rechnungen, entdecke ich einen Umschlag von einem Verlag. Lege ihn auf den Schreibplatz des Schwiegersohns, sehe dann, er ist an mich gerichtet. Um die Erklärungen kurz zu halten: ich soll den Herausgebern einer Anthologie eine Geschichte schreiben. Allerdings nicht tragisch, tiefsinnig oder hintergründig, sondern witzig, froh und heiter, wie so der Alltag eben sei, soll sie sein. Da ich, wie die Herren zu wissen glauben, noch mitten im Leben stehe, dürfte mir, meinen sie, eine lächerliche Geschichte, das heißt: eine, über die man so richtig von Herzen lachen kann, zu verfassen nicht schwerfallen. Zuerst dachte ich mir Ähnliches auch, spitzte erwartungsvoll schon mehrere Bleistifte, füllte einen ausgedienten Kugelschreiber mit einer neuen Mine auf. Als ich beim Abendessen meine Neuigkeit, vielleicht ein wenig zu hek-

tisch, zum Besten gebe, ist mein Heiter-
keitserfolg in der Tat groß.

„Wann kriegst du denn einen
Preis, Oma?" und dergleichen ausge-
laugte Witzeleien mehr. Schon etwas
vergrämt (nicht die beste Voraussetzung
für das Verfertigen von Heiterkeiten, wie
ich mehr und mehr feststellen sollte),
wehrte ich mich: „Denkt euch lieber für
mich ein geeignetes Thema aus!"

„Porträtier doch uns", sagte Sara.
„Du findest unsre Frisuren doch immer
zum Totlachen."

„Nicht um Frisuren geht es hier",
korrigierte ich, „sondern um heitere
Schicksale." Mein Schwiegersohn, an-
statt elterlich-autoritär einzugreifen, ver-
steckt seinen wabbelnden Bauch hinter
der Abendzeitung. Später hockten sie
sich alle Vier vor den Fernseher. Wor-
über sie da quiekten und kicherten, war
mir unbegreiflich. Absolut nicht ko-
misch. Doch gab ich mich am ersten
Abend noch nicht geschlagen. Nachts
schlief ich zu tief, als daß ich irgend etwas geträumt hätte. Von Heiterem ganz

zu schweigen. Beim Frühstück mußten wir die Nachrichten abschalten, weil unsere Brötchen uns sonst die Kehle verstopft hätten. Als die Jungen aus dem Haus geschossen waren, mein Schwiegersohn, etwas behäbiger, hinterher, nicht, ohne mir einen Kuß auf die Lockenwickel zu drücken und mich jovial zu ermuntern: „Nun, Omi, laß dir etwas Hübsches einfallen. Hast ja den ganzen Tag dafür frei", fehlte es mir an wirklich ruhigen Gelegenheiten, über Heiterkeit nachzudenken. Kaum hatte ich die Frühstücksreste weggeräumt, die Krumen vom Boden gefegt, die Waschmaschine voll mit Socken gestopft, alle Blumen gegossen und frische Milch vom Wagen geholt, da rief auch schon Conny an. Diese, meine Tochter, verdient ihr Geld nur, um die Post zu unterstützen. Das Fernmeldeamt macht an ihr seine Überschüsse. Nicht, daß sie je Briefe schriebe. Heute droht sie mir, zu uns zurückzukehren. Ihr jetziger Freund hat sich eine andere angelacht, und überhaupt:

„Ich hab doch Sehnsucht nach dir, Oma." Streng erwidere ich:

„Du sollst mich nicht Oma nennen, Kind. Erstens bin ich deine Mutter, und zweitens heiße ich Cornelia wie du."

„Also gut, Nelly, nicht wahr, du läßt mich nach Hause kommen? Mach es meinem alten Graubart von Ehemann klar."

„Ich weiß nicht recht, Kindchen", überlege ich, „erstens ist es wirklich ganz gemütlich ohne dich, und zweitens haben wir uns, wie soll ich es ausdrücken, irgendwie von dir entwöhnt." (Daß auch mein Schwiegersohn durch die Zaunlatten nach anderen Hündinnen blinzelt, verschweige ich lieber.) „Und drittens verfüg ich im Augenblick über keinen Tropfen Zeit", setz ich vorsichtshalber hinzu. Und vertraue ihr, da sie meine Tochter ist, mein Geheimnis an:

„Ich soll eine heitere Geschichte aus dem Alltag schreiben."

Schon prustet sie, daß mir die Ohrmuscheln schallen:

„Hoffentlich eine schöne Geschichte."

„Eine humoristische", antworte ich etwas spitz. Das bringt sie noch mehr in Rage:

„Meine Geschichte allein ist doch schon eine schöne Geschichte, außerdem zum Kranklachen. Was willst du also mehr? Kannst dich ruhig stark für mich machen." –

Hoffentlich nicht schon wieder ein begieriger Verlag, denke ich, als ich am folgenden Morgen die Post auflese. Zum Glück nur ein paar Liebesepisteln an die drei Kinder und der „Spiegel" für den Schwiegersohn, ein Magazin, das ich immer mit der Rückfront nach oben hinlege, mit dem Auge auf die glasschwenkenden Biertrinker. Weil mir, von einem Blick auf das Titelblatt, das Grauen durch alle Adern rieselt (Fotos von unsern Politikern selten ausgeschlossen). Am Nachmittag habe ich frei, das heißt, nach dem Vorbereiten des Abendessens – man braucht das nicht aufzuzählen: Kartoffeln schälen, Gemüse putzen, Salat auslesen, das Fleisch anbraten, den Pudding kochen. Gegen 16 Uhr endlich Zeit, über Heiterkeit nachzudenken. Ist es die Blüte, die aus dem knorrigen Astwerk, aus dem schmutzigen Boden keimt? Uns zur Freude? Oder ist das einfach Gotteswerk oder bloße „Natur"? Heiterkeit entsteht offenbar nur durch Menschenarbeit. Ich hol mir Hilfe aus dem Lexikon: „heiter", heißt es da, bedeute „lebensfroh, innerlich ausgeglichen." – Als Beispiel führen sie an: „Heitere Ruhe ging von ihm aus." – Also nur von ihm, ich fühle mich schon entlastet. Wie soll sie auch fröhlich wirken, wenn er immer schweigt? Sich selber Lob vorbeten, wenn sie seine Socken stopft? Vielleicht ein Liedchen trällern, wenn er seine Zeitung liest? Oder angespannt seine Nachrichten abhört? Gibt es irgend etwas, das belangloser ist als sie? Soweit gebe ich dem Lexikon recht. Allerdings ist der Begriff auch doppeldeutig. „Das ist ja h., also unangenehm, ärgerlich", lese ich weiter. So wie der Blitz, den sie auch erwähnen, aus „heiterem Himmel" trifft. Im folgenden bürdet mir das Lexikon Pflichten auf: „ich heitere ihn auf, d. h. erheitere, erfreue ihn, vertreibe seine düstere Stimmung." Ganz zuletzt sind sie endlich beim „Witz" gelandet, auch eine Männererfindung. Welches Weibsbild hat Witze nötig? Sie lacht sich auch so kaputt. Zum Abschluß heißt es: „Der Witz erregte Heiterkeit." Das schießt nun den Vogel ab. Was hat der Frohsinn meiner Seele mit Witzen zu tun?

Als ich verärgert, in düsterer Stimmung, das Lexikon zuschlage, kommt mein Schwiegersohn vorzeitig heim. Mir fällt ein, daß wir heute abend eine Gästin erwarten. So eine Art Zaunbekanntschaft. Er verlangt, daß ich an seiner besten Jacke einen Knopf annähe. (Zuweilen deliriert er, er sei mit mir, nicht mit Conny, verheiratet.) Kaum hab ich den Faden zerbissen, verlangt schon Sara, daß ich ihr kleine Zöpfchen flechte, bunte Perlen eingewoben. Zuletzt wirft Yvonne mir ihren Minirock auf den Bügeltisch. „Warum tuns nicht auch heute die Jeans?" frage ich. „Wir müssen bei der neuen Mama doch Eindruck schinden." Na, dann laßt uns mal von Liebe sprechen. Oder von Seelentreue. Ich senge ihr mit dem Eisen einen braunen Fleck aufs Gesäß.

Die neue Dame klingelt, der Schwiegersohn gebärdet sich gockelig. Ich finde, daß sie sich geziert benimmt, auch könnte ihr Busen fester, der Ausschnitt etwas enger sein. Zugeknöpft gibt sie sich jedenfalls nicht. Von meinem Braten rührt sie keinen Bissen an, verlangt nur nach einer, ihr von Sara eilfertigst geraffelten Mohrrübe.

„Man muß seine Figur bewahren."

„Und für wen, wenn ich fragen darf?"

Mein Schwiegersohn windet sich.

„Omi, bitte", fleht er.

„Warum sagst du heute nicht ‚Nelly' zu mir?"

Die Zicke horcht auf. Ich lasse ihr, als ich die Platte herumreiche, einen Knödel mitten in die Bluse fallen. Die

Kinder, Patrick als erster, treten den Rückzug an. Die Puddingschüssel nehmen sie unangetastet auf ihre Zimmer mit. Ich rufe ihnen nach:

„Denkt euch mal was Heiteres aus!"

Als wir endlich allein sind, frage ich meinen Schwiegersohn: „Sei ehrlich, ist es nicht besser, wenn Conny mal einen Stoß Teller auf den Boden schmettert?"

„Na ja", sagt er, sich die Halbglatze kratzend, „aber die Bierflasche? Hab einfach nicht genügend Haare mehr dafür."

„Es gibt jetzt schöne dichte Haarteile", tröste ich, „flecht sie den Kindern beinah alle Tage ein."

„Will sie denn?" fragt er.

„Frag sie doch selber. Du wirst sie ganz schön darum bitten müssen." Jetzt weicht er aus.

„Was ist denn aus deiner heiteren Geschichte geworden?"

„Vor lauter Gelächter komm ich nicht dazu", sage ich. „Ich glaube eher, du hast zuviel Zeit dafür", behauptet er.

„So was muß aus dem vollen Leben schießen. Streß zum Beispiel. So richtig zum Lachen ist doch nur die Ratte im Tretrad."

„Dann schreib du die Geschichte doch", schlage ich vor. „Meinst du, sie würden so was von mir annehmen?"

„Ich kann sie ja unter meinem Namen einreichen." Das will er auch wieder nicht. Mein der Schweiß, mein die Lorbeerzierde.

„Behalt die Sache mit Conny im Auge", sag ich, als wir uns den Gutenachtkuß geben.

„Misch dich nicht in unsre Angelegenheiten", belehrt er mich schwiegersöhnlich. „Bleib lieber an deiner Geschichte sitzen. Tu nichts aus Frust. Nicht so schnell aufgeben."

Ich will niemanden langweilen. Sage nur, daß es so oder ähnlich eine Weile weiterging, dann waren wir mit unseren Nerven am Ende. Die neue Dame kam noch zweimal zu Besuch, blieb einmal über Nacht, und die Kinder warfen Eier ins Schlafzimmer. Das andere Mal traf sie mit Conny zusammen. Darüber schweige ich lieber. Der gescheite Patrick ist nicht nur in der Schule hängengeblieben, sondern hat auch sein neues Mofa zu Schrott gefahren, dabei seiner Freundin den Fuß verstaucht. Yvonne hat mir mitgeteilt, daß sie von jetzt an die Pille braucht. Unter Saras Schlüpfern finde ich schwüle Zigaretten, ein süßlich stinkendes Zeug. Mein Schwiegersohn bangt um seinen Job, er nähert sich der erwünschten, jugendlichen Altersgrenze. Conny hat ihre Sekretärinnenstelle selber gekündigt und will bei uns einziehen, obwohl mein Schwiegersohn kindisch (wo will er denn hin mit sich?) uns mit seinem eigenen Auszug droht. Ein Orkan hat unsern schönsten Baum, eine Eibe, aufs Dach geworfen. Es regnet jetzt auf Patricks CDs. Doch das sind alles nur Kleinigkeiten. Mit wirklich schlimmen Dingen belaste ich mich nicht, weil ich momentan nicht fernsehe, keine Zeitung

lese und den „Spiegel" auf die feucht-
fröhliche Rückseite kippe. Ich soll
schließlich eine heitere Geschichte
schreiben.

Bettlers Kinder, Müllers Vieh

Irene, seine Frau, schalt ihn selbstzufrieden.

Karl fragt sich, ob sie wohl schon lange vor ihm auf der Flucht gewesen ist? Vielleicht ist sie nur aus Mitleid dageblieben, hat Erbarmen mit dem Jungen vom Dorf gehabt, der nicht schwimmen konnte, der nur ungern tanzen ging: „Das Leben ist kein Honigschlecken!", der, wenn sie wirklich einmal im Ballsaal standen, ihr tölpisch auf die Zehen trat. In den ersten Jahren klagte sie darüber, daß er immer dasaß und rechnete. Sie meinte: „Es ist doch nötig, daß das Herz sich füllt", er hatte sich verteidigt: „Ich bau dir doch ein Haus". Das Haus ist in den Fundamenten steckengeblieben, schuld daran war die Inflation, sie sagte: „Die Seelenkrise", später wurde sie friedlicher oder anspruchsloser, er schmeichelte sich, sie bekehrt zu haben: „Wie kann die Seele warm sein, wenn der Magen betteln geht?" Vielleicht hatten sie sich beide dasselbe Ziel gewünscht: ein vertretbares Glück, und kannten nur den Namen dafür nicht. Sie redeten in verschiedenen Mundarten. Irene drückte sich gewandt in Französisch aus, Karl hatte Mühe mit Fremdwörtern, Englisch plapperte schon Karla, das Kind, kaum zehn Jahre alt. – Oder aber sie stellten sich das Glück in verschiedenen Formen vor. Der eine träumt von Marmor, der andre ist mit Holz zufrieden.

Die junge Braut nahm ihre Puppen mit in die Flitterwoche, sechs zugeschneite Tage, die beiden harten Geschöpfe flößten Karl Abscheu ein. Seine Schwestern herzten Lumpenpuppen, weich anzufassen. Irenes Puppenkinder blenden dich mit ihrem aufgemalten Lächeln, sie stopfte Rosinen in die Porzellanmünder, Lippen zum Küssen schön, steckte Knackmandeln zwischen die Schneidezähne. Und wenn sie nicht gestorben sind? Er lebt doch noch!

Karls Mutter war zu früh davongegangen, sie litt an schwärendem Unterleib, der Vater klagte schon seit Jahren: Stinken tut's!

Fremde Wege ging er deshalb nicht, die Moral ist bei der Armut zu Hause.

Karl weiß, daß die Mutter ihn von allen Geschwistern am liebsten hatte, viel lieber jedenfalls als Erwin, den gehässigen Ältesten, der ihn am letzten Schultag auf dem Heimweg in den Dorfteich geschubst hat. Mitsamt dem Zeugnisheft: so gut wie alles Zweier, stieß ihn der Bruder in die glitschige Schande, zum Glück war es heißer August. Der Dorfteich war nichts weiter als ein Tümpel, der Schleim auf dem Wasser sah gelbgrün wie Durchfall aus, dort gefiel's nur den Enten. Schon die Bibel kennt Bruderzwist. Kantor Vögeleins Tintenschnörkel, ehrenhaft solides Lob, sind zu unleserlichen Schlieren zerlaufen. Karl kann seinen Ruhm nicht mehr beweisen, trocken und ungestraft stehen einzig Erwins Lügen da, der Vater gibt dem Großen recht, auch wenn er ihm mißtraut. Statt den fünf Pfennigen für die

Eins im Rechnen setzt es nun Hiebe mit dem Schleifriemen. Karls vorzügliche Handschrift, Fleiß, Bescheidenheit, gute Führung im Schulhof (der Verzicht auf das Gerangel in der Vesperpause): alles das war umsonst erbracht. Dem Vater ging bei Zehn schon die Puste aus, er drosch zwar weiter, hörte aber mit Zählen auf. Die Mutter gab acht, daß die zwei Dutzend nicht überschritten wurden. Die Hände unter der Schürze verklammert, hielt sie Wache an der Stubentür, versperrte den Geschwistern die Schadenfreude. Dafür quoll deren Hohngelächter durch die Fensterschlitze. Karl denkt sich aus, während er auf seinen unterdrückten Schreien herumbeißt, wie er sie alle töten wird, Erwin als ersten, es kann sein, daß er Alma, die stumpfsinnige Kuh, verschont. Alma hat ihn als einzige noch nie verpetzt. Erst wenn die Mutter dem Henker in den Arm gefallen ist, hört der, mit ein paar schwächeren Nachschlägen, zu prügeln auf, verflucht ihre Weichlichkeit. Manchmal trifft die Mutter selber noch ein Hieb, den er mit

einem Klaps auf ihre Röcke wieder gut-
macht. Dann geht er steifbeinig davon,
hängt den Riemen zurück an seinen Platz
neben dem Spiegel in der Waschnische
hinter dem Kachelofen. Karl liebte seine
Mutter. Sie war sein Seelenheil. Daß sie
auch seine Geschwister geboren hatte –
widerwillig, nahm er an, – vergab er ihr
halbherzig.

Sie klammerte seine klatschnas-
sen Manchesterhosen auf die Wäschelei-
ne. Vor der Bastonade hatte er die Hose
ausziehen müssen, sein Kummer konnte
nun aus dem nassen Hemd auf den Est-
rich tropfen. Er tröstete sich mit dem
Gedanken, daß endlich der Geruch von
Erwins Scheiße ausgewaschen war. Erst
vor kurzem war Karl in Erwins lange
Röhren nachgewachsen, Manchesterhosen wäscht man höchstens einmal im
Jahr. Nun mußte er sich drei Tage im
Bett langweilen, auf das Stroh des Sün-
ders festgenagelt, heimlich flennend. Die
Mutter brachte ihm mittags die heißen,
abends die kalten Kartoffeln nach oben,
stille, gestohlene Liebesminuten, ihr

Blick so warm, als ob er krank wäre. Im Hemd sitzt man nicht am Tisch. Wenn sie gegangen war, hörte er, wie sich sein Schutzengel (dem er sowieso nicht traute: der Bursche hätte den Unfall verhindern können, zu was paßt der eigentlich auf?) sich kichernd über Karls nackten Hintern mokierte. Karl war erst acht. Eine verirrte Schwalbe schiß ihm, in ihrer Angst vor der Endlichkeit, mitten auf die Stirn, was die Mutter, als sie ihm mit dem Schürzenzipfel den Klecks abwischte, glücklich machte: „Mein Sonntagsjunge!" (Taschentücher zu verschwenden wußte erst Irene, auch sie eine fürsorgliche Mutter. Also verbesserte die Welt sich doch? Karls Mutter Anna nahm das bestickte Brauttuch nur zum Kirchgang mit.)

Ohne das Fahrrad wäre alles erträglich gewesen. Aber mitanhören müssen, wie Erwin unten auf der Straße die Reifen mißhandelt – alle paar Minuten hört man den Rücktritt kreischen – der ruiniert noch die Kette! Wer heißt ihn, mit der verrosteten Klingel rattern, die ganz allein Karl gehört: sie stammt vom Bäcker, für den Karl morgens die Semmeln austrägt.

Drei Tage lang quälte sich die Hose am Strang, vom Wind gebeutelt. Das Innerste nach außen gestülpt: jeder sieht jetzt die lappigen Taschenfutter. Geheimnisse, die man für sich behält, muß Karl nun vorzeigen: Tintenflecken, Klebstoff von roten Bonbons, Vogelfedern, Eierschalen aus beraubten Nestern. Gott blieb unbeeindruckt von Karls Scham und Wut (auch er hatte wahrscheinlich Karls Zeugnis nicht lesen können, alles das Erwins Schuld). Als Karl die Hose wieder anziehen durfte, schwitzten die Doppelnähte noch Nässe. Tagelang lief er im Seemannsgang, den Wolf im Arsch, unfähig, das Fahrrad auszunutzen. Er mußte mit schabenden Nähten zum Garbenbinden. Als er die Mutter fragte, ob sie ihm nicht die Sonntagshose gibt, schlug sie die Hände zusammen: Will einer ihrer Söhne etwa zum Sozi werden?

Wie ungewohnt war ihm einst das erste Nachthemd gewesen! Am Abend des Verlobungstages hatte die Schwiegermutter (sie verging langsam an Auszehrung) ihn zu sich rufen lassen. Verwirrt stand er an ihrem Krankenlager, empfand seine Gesundheit als aufdringlich, seine Füße zu plump, seine Hände zu grob, seine Ärmel zu kurz. Für Floskeln der Höflichkeit fehlten ihm Übung und Selbstvertrauen, was äußert man, wenn einer stirbt? Sie schien mit ihrer zarten Haut seine Verlegenheit abzufangen, ihr Auge schob ihn sanft zu einem Stuhl. Dann hob sie ihm mit schwankenden, für ihre Schwäche viel zu hoch beladenen Armen ein verschnürtes Päckchen entgegen. Er meinte, sie flüstern zu hören: „Für die Hochzeitsnacht." Heißt das, daß er bald Leib an Leib mit ihrer Tochter schlafen darf? Denn der Schwiegervater ist mit der Auswahl des Eidams noch immer nicht einverstanden. Hat also die Sterbende Fürbitte eingelegt? Sie nennt vor der Braut Karl „deinen Pfarrerssohn", in der Bezeichnung schwingt zärtliche Zuneigung. „Pfarrers Kinder, Müllers Vieh", scherzt er dann zurück, bekennt freimütig die proletarische Abstammung „Ich wuchs unter Tieren auf."

Karl hielt die vier Nachthemden (warum so viele?) zunächst für Verhütungsmittel. Vielleicht hätte er sonst seine junge Frau schockiert und wäre nackt in ihr Bett gestiegen. So aber wickelte er den feinen Batist um sein Glied, weshalb ihm der Samen davon schoß, bevor er sie entjungfern konnte. Irene hatte von zu Hause ein sauberes Leintuch mitgebracht, das sie über das Laken des Gasthofs gelegt hatte. Am nächsten Morgen faltete sie es wortlos in die alten Brüche zurück. Am nächsten Abend wollte er es wieder aus dem Koffer holen, aber sie schüttelte nur den Kopf: „Wir sind doch jetzt in allen Ehren verheiratet." Er vertraute dem Urteil der Städterin, um so mehr, als sich Irene mit der Schere die Zehe verletzt hatte und die Wirtin am zweiten Morgen ohnehin um ein neues Laken bat. – Dabei war Karl mit vierzehn selber zum Städter geworden; mit sechzehn spazierte der Herr Kommis wie alle andern mit Hut und steifem Kragen durch die Straßen. Aber so geschickt er auch die Bürger zu kopieren gelernt hatte, daß sie in extra dafür hergestellten Hemden zu Bett gingen, hätte er nie geglaubt. –

Stirb oder lies!

Die „großen" (oder, nennen wir sie doch ehrlich beim Namen: die greisen) Geburtstage – etwas, das die Behörden untersagen sollten. Es trägt die Gesundheit ab. Die Ziffer ist so angewachsen, daß man Scheu hat, sie auszusprechen, ein falsches Wort bläst den Zahlenturm vielleicht um. Der Festtag selber steht wie eine Mauer vor dem Jahresende; den ganzen Winter sitzt man und starrt diesem Ziel entgegen. Wenn man es erreicht hat – was dann? Manchmal plagt einen Erwartungsfreude, dann wieder abergläubische Angst. Man weiß doch, daß es keine Wunder gibt. Den Posaunenchor hat man abbestellt, obwohl man sich ärgert, wenn der Pfarrer solche Bescheidenheit akzeptiert. Vielleicht bringen sie nicht mal die Notiz in der Zeitung. Man hat dem Reporter den Marsch geblasen, und wenn sie nun rachsüchtig sind – es wäre nicht der erste Fall. Alles in allem kein guter Zustand. Ob man ihn übersteht? Man kann sich den Kopf einrennen, wenn man stracks und unüberlegt auf die Wand zusteuert. Bisher hat sich das Tor immer aufgetan, aber eine Garantie gibt es nicht. Drunter ist nur ein schmaler Spalt, man müßte sich flachmachen wie eine gelenkige Maus, um unbemerkt durchzuschlüpfen. Inkognito – aber bei all dem Getöse? Man hat keine Lust, wie ausgestopft herumzusitzen. Jeder drückt einem – der Alte könnte ja auseinanderfallen – nur vorsichtig die Fingerspitzen. Man will kein Methusalem sein. So einer gehört rechtens in die Bibel, die man doch nicht liest, mag der Pfarrer noch so viel Reklame dafür machen.

Um allen diesen Widrigkeiten auszuweichen, legt man sich am besten ins Bett. Man macht sich flach, legt Arme und Beine breit, macht die Augen dicht, wird quasi unsichtbar. – Seinen Leuten hat Opa befohlen, keine Gratulanten mehr einzulassen. Weil aber die Türschelle scheppert, müssen sie ihm,

obwohl er sich uninteressiert stellt, be-
richten, wer vorspricht.

Sophie, seine älteste Tochter, ist
noch relativ behende, älter zwar, aber
besser zu Fuß als die Frau (und doch ist
Emma-Oma schon seine dritte Ange-
traute). Sophie also führt ihm durch den
Türspalt die eintrudelnden Geschenke
vor. Zuallermeist Flaschen, alle im gleichen bunten Papier. Die Hülle verheim-
licht den Inhalt allerdings vergeblich: er
weiß doch, daß es nur Rübensäfte sind.
Nur wenn die Spender sich für einen
Augenblick auf der Schwelle zeigen,
verzieht er die Lippen zu einem queren,
Erstaunen heuchelnden „Oh". Von den
Flaschenhälsen ringeln sich Schnüre, wie
früher im Karneval. *Carne vale!*

Auch Bücher werden selbstre-
dend herangeschleppt, obwohl sie doch
wissen, daß seine Augen den Dienst ver-
sagen. „Aber wieso denn, Papa, scharf-
sichtig, wie du bist?" Der Doktor will
ihm Lesen wie eine Medizin aufschwat-
zen; was versteht der junge Spund vom
Gesetz der Beweglichkeit. Bücher reiben

Opa seine Gebrechlichkeit ein: nichts von alledem kann er mehr, was die Autoren beschreiben: wandern, reisen, schwärmen, schaffen – der Geist allein hilft da nicht. Alles das hat er, zu seiner Zeit, besser gemacht, als diese Schreiber es erfinden können. Früher, zugegeben, da stieg er in die Buchdeckel wie in ein Luftschiff ein, das ihn in die Weite führte: der Erde, des Herzens und der Zärtlichkeit. Alles das ist ausgestanden, er hegt keine Sehnsucht mehr. Nicht einmal die Karten mit den guten Wünschen liest er – was soll's? Noch ein lahmes Jahr im Ohrensessel? Davon hat er genug, dafür ist er nicht da. Draußen herrscht Schneeglätte, dorthin geht er nicht länger. Es gibt wenig, auf das er sich noch gern einläßt; der Geburtstag gehört nicht dazu.

Er dreht sich zur Wand, empfängt auch den Bürgermeister mit einem kalten Rücken. Dieses Bürschchen, knapp 40, entfaltet vor dem Bett sein Papier; das tut so, als wäre es eine bedeutsame Urkunde, und gibt doch nichts als die simple Wahrheit her. Aus den Augenwinkeln erspäht er den Jahrgang, fettgedruckt – als ob er die Nummer nicht selber kennte. Den Glückwunschtext braucht er nicht anzuhören, er hat sein Hörgerät aus dem Ohr genommen. Der Bürgermeister verzieht sich rückwärts auf Zehenspitzen; der Geldschein – je älter, desto billiger – bleibt wie ein verirrtes Herbstlaub auf dem Bett.

„Unser Jubilar hält wohl ein Nickerchen", sagt er draußen betreten; die Familie überrollt sich in Entschuldigungen; Opa hat sein Hörgerät wieder eingesetzt. – Der Pfarrer nimmt ihm nicht ab, daß er schläft.

„Ich hatte ja schon letztes Jahr nicht mehr mit Ihnen gerechnet."

„Oho."

Opa klappt einen Lidrand auf: „Wer von uns hatte denn den Herzinfarkt, Sie oder ich? Sie können Ihrem Chef dankbar sein, wenn Sie 80 werden." Der Pfarrer und unser Opa verstehen einander, Halbtote unter sich, sagt der Pfarrer. Einander Bosheiten zuzutrompeten, wobei die Familie zu Stein erstarrt, beflügelt die Kampfhähne, federlos wie sie sind. Den Präsentkorb der Gemeinde hat der Pfarrer mit Hilfe des jüngsten Enkels ans Bett gestellt. Früher war es immer ein Honigeimer, nicht zuviel, aber reell. Draußen erklärt der Pfarrer, daß er den Korb, sobald er geleert ist, wieder braucht: der Gerkus wird 85.

Seit wann gibt's denn für den Nachwuchs Geschenkkörbe! Zwei von den Urenkeln sind neugierig ans Bett geschlichen, tippen ihn an, das Baby dürfte 2, der Junge etwa 12 sein – zehn Jahre Unterschied, das verdeutlicht die Zeitspanne! Opa wird klar, daß das Sichtotstellen auch nicht hilft. Bleibt man zu lange flach, verdünnt sich die Einflußsphäre; manche brauchen eine energische Hand. Er zieht seinen Mantel an. Der Familie entweichen, als er am Kaffeetisch auftaucht, zähflüssige Atemzüge. In aller Eile werden zehn Nelken enthauptet und im Ringelreihen um sein Gedeck gelegt. Er will aber den Kaffeetopf, nicht die schwindsüchtige Tasse. Er genießt ihre Befangenheit, wie er so als Baum in ihrer Mitte sitzt. Die Tratschmühlen stehen still. Als das Schweigen zu lange dauert, schlägt ein Enkel vor, etwas vorzulesen.

„Und was soll das sein?"

„Ungedrucktes von einem unbekannten Dichter."

„Wo habt ihr das her?"

„Irgendwo gefunden, Schulhefte und Buchhaltungskladden."

„Aha." Opa nickt ergeben, greift schon nach dem Hörgerät, um es rauszunehmen, als er plötzlich hellhört: Die Kleine, die das Gedicht beschreibt, kennt er doch? „O komm doch, du Schöne und Reine herzu / Umschling meinen Arm, mein bebendes Herz / Und mache mein Herz von Liebe so voll." Auch im zweiten Stück, einer Geschichte, tritt sie wieder auf: „‚Böse kann ich dir nicht sein', sprach das Mädchen, ‚aber zeige mir dein liebes Gesicht wie sonst.' – ‚Es sei', sprach der Jüngling, und indem er auf sie zutrat – sein Herz schlug hörbar – blickte er sie mit seinen seelenvollen Augen an und sagte: ‚Ella...'"

Nun, Ella hieß sie freilich nicht, sondern Elfriede, mit der Betonung auf *El*, Elfe (denkt er sich), und Frieden meinend. Obwohl er fast sicher ist, erkundigt er sich jetzt doch: „Und wie heißt der Dichter?"

„Alfonso K.", sagt der Enkel, „vermutlich ein Pseudonym. Hier beschreibt ihn ein Freund: ‚Von etwas schwerblütiger Natur, gewissenhaft im Handeln, manchmal zu beharrlich, gern bereit zu schaffen, nicht mißmutig dem Leben gegenüber. Gleichmäßig, ausdrucksvoll, wahr!'" – Das ist es also!, das erdrückt den letzten Zweifel. Das Wunder hat sich doch ereignet, fast bereut er das Pseudonym. Doch was bedeutet der Name, das Faktum ist wichtiger: Er, Arthur Kretzer, hat ein Leben gelebt, das sich buchstabieren läßt, Ehrfurcht weckt, andern die Räume der Sehnsucht aufschließt, Ohren zum Singen bringt. Wer kann das schon von sich behaupten. Damit ihm die Rührung nicht überfließt, legt er sich wieder, aber nicht mehr flach. Mit zwei Kissen hinterm Rücken, den Block ans aufgestellte Knie gelehnt, wird er noch lange schreiben können. Denn er hat Worte und Sätze erfahren, die für andre zum Flugzeug werden! Nur 26 Schicksalszeichen, aber sie bekommen die Welt in den Griff: Mühsal und Treue, Liebe und Vergeblichkeit, Nordpol und Dschungelschwüle. Der Pfarrer, der Opa den Höhenflug ansieht, schüttelt ihm verschmitzt die Hand.

„Was sind Ihre Pläne für das nächste Lustrum, Herr Kretzer?"

Unser Opa kann nicht weniger durchtrieben sein. Keinesfalls wird er „Schreiben" sagen. Das braucht er dem Witzbold nicht aufzubinden.

„Ich werde *lesen*", sagt er und fügt, mit einem Blick auf den Präsentkorb, hinzu: „Bücher, wie Sie sicher wissen, sind mir die liebsten Gottesgaben."

„Ja, die guten Augen haben Sie mir voraus", bekennt der Pfarrer, „mir bleibt nur das Schreiben übrig. Darf ich

Ihnen meine Erinnerungen zu gelegentlicher Lektüre schicken?"

Opa stößt, aus seinen Kissen, den weißen, kurzgeschorenen Schädel zu einer knappen, fast militärischen Verbeugung vor: „Es wird mir eine Ehre sein." Er hat gelernt, wann es Zeit ist, klein beizugeben. Der Pfarrer lacht und winkt, als er geht: „Ganz meinerseits."

Opa streckt sich befriedigt aus. Als er einschläft, merkt er, daß ihm der Durchschlupf gelungen ist.